MONSIEUR AUGUSTE

CHEZ LES MÊMES ÉDITEURS
—

OUVRAGES

DE MÉRY
Format grand in-18

———

———

POISSY. — TYP. ET STÉR. DE A. BOURET.

MONSIEUR

AUGUSTE

PAR

MÉRY

NOUVELLE ÉDITION

PARIS

MICHEL LÉVY FRÈRES, LIBRAIRES ÉDITEURS

RUE VIVIENNE, 2 BIS, ET BOULEVARD DES ITALIENS, 15

A LA LIBRAIRIE NOUVELLE

—

1867

Les romans de mœurs, les drames, les comédies ont exploité toutes les individualités perverses, odieuses, excentriques ou fatales qui peuvent jeter la perturbation dans les familles. Il restait peut-être une lacune, et ce livre, qui ne pouvait être ni une comédie, ni un drame, essaye de la remplir.

La plus rigide délicatesse a guidé la plume de l'auteur, au point de rendre énigmatique aux yeux du plus grand nombre le caractère du héros principal. On a mieux aimé pécher par trop d'obscurité que par trop de lu-

4

mière : ce livre, d'ailleurs, est un hommage rendu à l'amour pur et à la femme ; il n'est destiné pourtant ni aux femmes ni aux jeunes filles, comme les nombreux romans, ses aînés, et s'il ne rendait service, par sa publicité, qu'à un seul père de famille, l'auteur ne regretterait pas son travail.

MONSIEUR AUGUSTE

I

— Votre bal est très-beau, mon cher monsieur
Lebreton.

— Oh!... un simple petit bal de famille... des
amis, des parents, des voisins... quelques notables
de Chatou... et vous vous obstinez à ne pas danser,
vous, monsieur Auguste Verpilliot, mon jeune et
grave ami ?

— Danser ! à mon âge ! vingt-huit ans ! et avec
mes petites ambitions de professeur !... Je laisse la
danse aux écoliers...

— A votre ami Octave, par exemple. Oh ! celui-
là est ici dans son élément... Avez-vous vu valser

Octave avec ma fille Louise ?... Ce n'est pas un valseur, c'est un tourbillon !

Dans ce vaste salon de campagne, où M. Lebreton donnait un bal, cette valse furibonde avait brisé
les forces des jeunes gens et des jeunes filles ; les
éventails s'agitaient sur tous les visages, les mou-
choirs glissaient sur tous les fronts ; le souffle manquait à toutes les poitrines ; mais l'artiste qui tenait
le piano n'aurait pas voulu sacrifier trois mesures
du volcanique chef-d'œuvre de Strauss ; il faisait
son devoir jusqu'au bout, pour rappeler au salon
une désertion sacrilége, et il ne chantait qu'à des
oreilles sourdes, avec le plus honorable acharne-
ment.

Octave qui, malgré lui, avait suivi la désertion
générale, vint brusquement arracher Louise à son
repos, et donna au pianiste un prétexte pour épuiser l'œuvre de Strauss. La jeune fille avait cédé
comme la colombe cède à l'attraction du serpent ;
elle se laissait emporter, en trois temps, par un
bras vigoureux, et, la tête inclinée sur l'épaule, elle
suivait, avec une régularité passive, les élans irré-
sistibles de son valseur. Le pianiste, emporté aussi
par une effluve électrique, précipita le mouvement
sous la furie de ses doigts, comme si un démon lui
eût prêté ses griffes. Les regards étaient fixés sur

le seul groupe valsant qui voulait bien accompagner
le pianiste, quand tout le monde l'abandonnait ; un
silence étrange régnait dans le salon du bal; on
n'écoutait pas la musique, on la suivait. Octave
tournait sur ses pieds avec une précision brusque,
mais esclave de la mesure ; Louise semblait valser
avec les pieds de son valseur, et son beau sein,
trahi par l'échancrure de la robe, s'agitait comme
une double gerbe de lis au souffle de l'ouragan. La
figure du jeune homme aurait exigé le pinceau d'un
Salvator-Rosa de salon; elle était effrayante et superbe, à un degré qu'aucun comédien ne peut atteindre quand il sculpte ses joues devant un miroir,
pour effrayer le bon public. Octave, lui, ne commettait pas cet artifice dramatique avec préméditation;
il se servait, à son insu, de sa furie intérieure pour
exprimer sur son visage tout le délire de ses sens:
il ne voyait rien, il se croyait seul au milieu de
cette foule qui ne voyait que lui ; ses yeux ne quit-
taient pas la jeune fille, et ses lèvres convulsives,
sa respiration haletante, son teint embrasé ache-
vaient d'exprimer tout ce qu'une inexorable passion
peut dire dans un regard de feu acharné sur une
vierge de seize ans.

On entendit une voix qui disait d'un ton brutal :

—Monsieur le pianiste, assez !

Le musicien, comme foudroyé par cette apostrophe insolite, s'arrêta tout court, et la jeune fille se laissa tomber sur un fauteuil.

M. Lebreton accourut en souriant vers Louise, et lui dit :

— Mon enfant, ce soir nous ne danserons plus; il ne faut pas être malade demain.

Et se tournant vers Octave, il ajouta :

— Mais vous avez le diable au corps! Si le piano ne s'arrêtait pas, vous valseriez donc toujours? Voilà une passion !

Louise saisit aux mains de sa voisine un large éventail chinois, et s'en servit pour remettre les charmantes lignes de son visage dans leur état naturel.

La voisine était une jeune demoiselle de vingt ans, une brune éblouissante, aux cheveux massifs et ondés, aux yeux de diamants noirs à facettes, aux lèvres de cerise, d'un rouge virginal. Sans regarder Louise, mais ayant pris soin de diriger l'émission de sa voix vers l'oreille de son amie, elle lui dit :

— Tu es une enfant ! tu détestes ce jeune homme, et tout le monde va croire que tu l'aimes..., oui, tout le monde, excepté ton père qui n'entend rien à ces choses-là.

— Mais tu n'as donc pas vu? dit Louise derrière l'éventail, Octave m'a enlevée de vive force; il a deux mains de fer.

— Mauvaise raison! reprit la voisine; la volonté d'une femme est plus forte que la main d'un homme. Tu es folle de la valse, voilà! tu valserais avec ce fauteuil; il a deux bras.

— Tu es souvent bien injuste envers moi, ma chère Agnès, dit Louise, en accompagnant ce reproche d'un signe d'impatience très-marqué.

Un plateau de glaces s'arrêta devant les deux jeunes filles, et mit fin à leur entretien.

— Une fille est le souci d'un père, disait M. Lebreton, en découpant un granit glacé avec le tranchant d'une petite cuiller de vermeil. Vous aurez un jour ce souci, mon cher monsieur Auguste.

— Oh! monsieur Lebreton, dit Auguste Verpilliot, en savourant par livraisons une glace vanille, je suis si absorbé en ce moment par des travaux sérieux, qu'il me serait impossible de tourner la plus distraite de mes idées vers le mariage.

— Il est vrai de dire que vous êtes un rude piocheur, monsieur Auguste... En ce moment, vous achevez... m'avez-vous dit... une... une...

— Une étude sur la seconde guerre punique, dit gravement Auguste, en déposant la soucoupe sur un plateau de passage. Je veux éclaircir plusieurs faits historiques fort nébuleux... Il y a des lacunes impardonnables dans Tite-Live... Après Trasimène, on ne sait plus le chemin que prend Annibal... C'est grave, comme vous voyez...

— Très-grave ! dit M. Lebreton, en essuyant ses doigts avec son mouchoir.

— Je hasarde, moi, une opinion qui sera remarquée par l'Institut, reprit Auguste d'un ton doctoral.

— Ah! vous soumettrez votre travail à l'Institut, monsieur Auguste ?

— Oui, pour le prix Gobert... Je soutiens avec conviction, et je prouve avec évidence qu'Annibal a fait un coude vers le littoral de l'Adriatique, et qu'ensuite il est descendu sur le Vulturne, en Campanie. *Campania felix*... Je vous dis cela confidentiellement, monsieur Lebreton, mais je serais plus réservé envers un confrère; il y a des voleurs d'idées à tous les coins de Paris.

— Oh! dit M. Lebreton, vous ne craignez rien avec moi; je suis un industriel retiré des affaires; j'aime les savants, j'adore la science, mais je ne serai jamais un concurrent au prix Lambert.

— Gobert.

— Jaubert... Je suis brouillé avec les noms propres... je ne retiens que les chiffres; habitude

de calcul. Si les noms étaient des numéros, je n'ou-
blierais jamais un nom... Monsieur Auguste, je vous
l'ai toujours dit... avec votre caractère, vos mœurs,
votre amour du travail, votre fortune, vous seriez
un bon mari et un excellent père de famille... C'est
que, voyez-vous, dans le siècle où nous sommes, les
jeunes gens prennent tous des habitudes funestes,
et tous ces mauvais garçons ne seront jamais de
bons maris... Cela fait trembler les pères... Tenez,
monsieur Auguste, je ne veux pas dire du mal de
votre ami Octave, mais j'aimerais mieux mettre ma
fille Louise dans un couvent que la marier à votre
ami.

— C'est pourtant un assez bon diable, Octave,
répondit négligemment Auguste, et avec le ton d'un
interlocuteur distrait qui est obligé de dire quelque
chose.

— Assez bon diable, répondit M. Lebreton, assez
bon diable; on ne fait pas un mari avec cette simple
qualité-là... Il aime le jeu, les chevaux, la chasse,
les petits soupers, les vins de premier choix, les
théâtres, les bals, il aime tout.. Eh bien! monsieur
Auguste, quand un jeune homme aime tout il n'aime
pas sa femme. Est-ce vrai ?

— Oui, je suis de votre avis... Mais Octave a des
qualités brillantes; il a **beaucoup** d'esprit...

1.

— Oh ! de l'esprit ! Et quel usage en fait-il ? Hier, je me suis retenu... Oui, vous avez été témoin de cette scène ; je l'aurais mis à la porte, si je n'eusse craint d'affliger M. Desbaniers, son père... N'a-t-il pas osé dire, devant les bustes de Corneille et de Racine, que la tragédie était un vice national, comme le potage au vermicelle. Est-ce de l'esprit, cela ? c'est un blasphème ignoble !... Un jeune homme élevé au lycée Bonaparte, par M. Pessonneaux ! Où allons-nous, bon Dieu !

— Il faut l'excuser... Octave est encore si jeune...

— Si jeune ! Il est de votre âge ; il a ses vingt-cinq ans bien comptés ! Mais quelle différence entre vous et lui ! Vous êtes grave, studieux, réfléchi, respectueux ; quel père ne s'estimerait heureux de vous choisir pour gendre, et d'augmenter encore votre fortune par une bonne dot, car on sait que vous faites un raisonnable usage de l'or... Mais le voici... il vient à nous ; n'ayons pas l'air d'avoir parlé de lui.

Un miroir avait probablement conseillé à Octave de quitter son effrayante figure de valseur, et de reprendre les lignes calmes, dans une retraite de dix minutes passées à l'extrémité déserte de l'appartement. Il arriva, le sourire aux lèvres, et s'adressant à M. Lebreton :

— Vos invités de Paris, dit-il, craignent de manquer le dernier convoi, et ils s'esquivent tous, à la française; c'est une vraie déroute... Nous n'aurons pas de *cotillon* ce soir.

— Il est vraiment infatigable, ce démon du bal ! dit Auguste, en donnant un léger coup sur l'épaule de son ami, après ton dernier solo de valse, il n'y a plus de danse possible. C'est le bouquet final.

— Allons donc ! dit Octave, la danse est perdue en France ! les bals finissent quand ils devraient commencer. Un quadrille met tout le monde aux abois. C'est honteux ! il n'y a plus de jeunes gens. Si je n'avais eu sous la main trois vieillards, je n'aurais jamais pu compléter le dernier quadrille. On ne voit sauter que des cheveux gris dans un bal. Les femmes valsent avec les femmes. Les hommes parlent du crédit mobilier avec accompagnement de piano. Musard est mort, vive le trois pour cent ! C'est la décadence. Le quadrille des lanciers va nous rendre le menuet. Je suis furieux contre mon siècle, et je vais fumer un cigare dans le parc pour me calmer.

Octave tourna sur ses talons et disparut.

M. Lebreton croisa les bras, haussa les épaules, et dit à Auguste Verpilliot.

— Eh bien ! est-il fou, votre ami ? là, je vous

le demande? Il nous a décoché autant de sottises que de mots ! et avec quelle volubilité ! Je croyais que cette valse furibonde l'avait brisé. Il va fumer dans le parc, au lieu d'aller dormir ! Ah ! permettez-moi, mon cher monsieur Auguste, permettez-moi de vous adresser une petite remontrance...

— A moi? demanda Auguste en riant.

— Oui, à vous. Tout cela est un peu votre faute. Vous avez de l'ascendant sur ce jeune fou, et vous n'osez jamais lui donner un bon conseil... Vous riez tout le premier de ses folies... Vous avez souvent l'air d'avoir peur de lui, et...

— C'est que je le connais, interrompit vivement Auguste ; quand vous le voyez partir ainsi comme une locomotive, si j'avais le malheur de lui faire une objection, il m'enverrait à tous les diables ! Il faut prendre ses amis avec leurs défauts. Un ami qui n'aurait que de bonnes qualités ferait rougir l'autre en l'humiliant. L'amitié ne s'établit jamais entre deux perfections. Elle deviendrait froide, et s'évanouirait dans l'ennui de l'accord parfait.

— Mais c'est très-profond ce que vous dites là, mon jeune Auguste, dit M. Lebreton, enthousiasmé ; vraiment, vous irez loin, très-loin. Vous êtes un penseur déjà ! Vingt-huit ans ! Heureuse la femme qui...

— Il est déjà fort tard, interrompit Auguste, en

regardant sa montre; j'ai deux points historiques à
réfuter, avant mon sommeil. On affirme, d'une
part, qu'Annibal, après Trasimène, a traversé His-
pella, et a longé l'Adriatique jusqu'à l'embouchure
de l'Aufide. Première erreur. D'autre part, on ose
affirmer qu'il n'a pas attendu des renforts sur les
môles des ports de *Firmum* et de *Castrum-Novum*.
Seconde erreur. Trois victoires avaient épuisé Annibal comme une défaite, ce qui l'obligeait à renoncer au siége de Rome, et à courir vers l'Adriatique,
où devait l'attendre son frère Asdrubal.

— Laissez-moi vous serrer les mains, dit M. Lebreton, ému aux larmes; rien ne peut vous distraire
de vos études, même dans un bal!... Il y avait
pourtant chez moi de jolies femmes... hein?... Je
parie que vous n'avez pas remarqué ce soir Mme de
Gérenty, avec son costume de...

— Ah! monsieur Lebreton! une femme mariée!
dit Auguste, en baissant les yeux; quelle idée avez-
vous de moi?

— Pardon, pardon, reprit M. Lebreton, en s'in-
clinant; pure plaisanterie... Vous savez... quelquefois... sans aucune mauvaise pensée... un homme...
l'homme le plus moral... c'est un hommage rendu à la
beauté... Moi-même... je crois être... sans être un
Caton... un Putiphar... Si je vois une belle personne

du sexe... je dis... tiens!... comme je dirais, ah!
devant un tableau de M. Dubuffe ou une statue de
Raphaël... sans qu'un seul cheveu de ma tête...
mais pardon, monsieur Auguste; excusez-moi...
Vous avez deux points historiques à réfuter... Votre
chambre est toute prête... une petite chambre de
réserve... Il y a un bureau, des plumes, du papier,
un dictionnaire de l'Académie, tout ce qu'il faut
enfin. J'ai huit chambres de réserve, toutes occupées
cette nuit par des familles d'amis. Je vous ai donné
ce soir la chambre de la bibliothèque. Vous me
saurez gré de cette attention?

— Un gré infini, monsieur Lebreton, et en re-
grettant de vous quitter trop tôt...

— Un domestique vous conduira... c'est au second étage... On lit sur la porte: *Bibliothèque*...
rien que des ouvrages de choix...Le *Cours de littéra-
ture de M. de La Harpe*...

— J'en fais mes délices, monsieur Lebreton.

— L'*Histoire romaine de Catrou et Rouille*... en
vingt volumes.

— Excellente histoire!

— L'*Histoire des Pays-Bas, par Metteren*...

— Un chef-d'œuvre!

— Le *Spectacle de la Nature, par Pluche*...

— Mon ouvrage favori!

— Les grands classiques.

— Ce sont mes dieux !

— Pas un roman.

— Le roman est le poison du cœur.

— Oh ! digne jeune homme ! laissez-moi vous serrer encore les mains ! Heureux l'hyménée qui...

— A demain, cher monsieur Lebreton. Je vous souhaite une excellente nuit.

Tout entier à son admiration, M. Lebreton ne s'était pas aperçu que ses invités avaient disparu en sourdine, en usant de la liberté de la campagne. Sa fille même, déjà maîtresse de maison, était montée dans son appartement, où elle se laissait déshabiller par Mlle Rose, sa femme de chambre, une vraie soubrette de comédie, qui accompagnait de phrases malignes le petit travail de ses mains.

— Voilà un corsage tout à fait perdu, disait-elle en examinant cette pièce de toilette qu'elle tenait à deux mains, c'est dommage, car la robe est bien jolie... Il y a là, regardez, mademoiselle... il y a la marque de quatre ongles de feu... on dirait que vous avez dansé avec le diable, et qu'il vous a laissé l'empreinte de sa griffe sur le dos...

— Taisez-vous donc, Rose, dit Louise en frissonnant, ne parlez pas ainsi à cette heure... minuit sonne au chemin de fer.

— Mademoiselle a peur? la maison est pleine de
monde... on chante des airs de polkas dans toutes
les chambres... Ah! le bal était bien beau!... Votre
robe n'a rien perdu de sa fraîcheur... regardez...

— Eh bien! vous allez me laisser en... Donnez-
moi vite un peignoir, et défaites mes cheveux...
j'aime une coiffure commode pour la nuit...

— Voici un peignoir, mademoiselle... Je disais
tout à l'heure à Charlotte : Mlle Louise a les plus
belles épaules du bal... c'est doux comme le satin,
et blanc comme un lis... Je ne suis pas étonnée
si... Mademoiselle veut-elle bien s'asseoir?

— De quoi êtes-vous étonnée, Rose?

— Oh! de rien... Ces épis qui sont dans vos cheveux sont-ils en vrai or?

— Oui; belle demande.

— Bon! j'ai gagné mon pari avec Charlotte!...
Comme ils sont beaux les cheveux de mademoiselle!... c'est de l'or vrai comme les épis. Moi, si
j'étais homme, j'aimerais une blonde. C'est beaucoup
plus femme... Aussi je ne suis pas étonnée... Pardon, mademoiselle... votre jolie tête voudrait-elle bien
se pencher un peu plus en avant?... Très-bien!...
Je vais vous arranger une coiffure de mariée... Moi,
j'aime à savoir que je suis bien coiffée en dormant,
c'est la coquetterie du sommeil.

— Mais enfin, mademoiselle Rose, me direz-vous de quoi vous n'êtes pas étonnée?

— Si les messieurs vous regardent avec tant de plaisir... il y en a un surtout... Oh! moi, je suis une espionne d'antichambre... je vois tout, les murailles sont de cristal pour mes yeux; elles me servent de lunettes... vous savez, mademoiselle... Sont-ils épais vos beaux cheveux!... Celui qui a fait la dernière valse... M. Octave... on ne sait pas dire s'il est laid ou s'il est joli... mais en voilà un qui a l'air d'un amoureux!... il regarde les femmes comme les enfants regardent les bonbons... Je crois voir sur votre joue les tisons de ses yeux: il vous brûlait en valsant. C'est un démon, comme celui du Grand-Opéra, mais vrai. J'aimerais mieux rencontrer Cartouche dans un bois que lui...

— Mon Dieu! j'étouffe de chaleur, interrompit Louise... il n'y a pas un souffle d'air, cette nuit; on ne respire pas.

— Me permettez-vous d'ouvrir la fenêtre, mademoiselle... il n'y a pas de voisins... on ne craint pas d'être vue... la rivière passe devant.

— Oui, vous avez raison, j'ai besoin d'air... ouvrez... il y a ce grand arbre qui me fait toujours peur... il semble qu'il me regarde...

— M. Auguste Verpilliot dit que cet arbre est un tremble...

— Tu lui parles donc?

— Au tremble?

— Folle!... à monsieur...

— A M. Auguste Verpilliot... moi, lui parler!... On dit que c'est un auteur... je n'aime pas les auteurs; ils n'aiment que leurs livres... et puis celui-là est fier comme un peuplier; il n'a jamais daigné lire ma figure... Mademoiselle se trouve-t-elle mieux?

— Oui... l'air de la rivière me fait du bien... Ah! vous le trouvez fier!

— Et il est blond, je déteste les blonds.

— Allons, vous êtes injuste, Rose... Ne lui trouvez-vous pas un air distingué?

— Pour nous, tous les messieurs ont l'air distingué.

— Oui; mais celui-là est plus distingué que les autres.

— Il a l'air doux, c'est vrai, mademoiselle; il a un grand soin de sa petite personne, il s'habille très-bien; il a du linge superbe, et des manchettes de dentelle. Il est frais et rose comme un neveu de chanoine; ses traits ne font pas une faute; il a une voix de chanteuse de vaudeville. Si je me mariais avec un homme comme celui-là, il me semblerait que j'épouse ma cousine.

— Rose, vous n'avez pas de goût.

— J'ai le mien.

— Ce n'est pas le bon.

— Mademoiselle, vous avez seize ans, et j'en ai trente. A votre âge un mari est un chérubin, avec des joues de pêche, de grands yeux bleus, des cheveux blonds bouclés, un menton d'ivoire à fossette, et une petite voix qui chante : *Ah! vous dirai-je, maman!* c'est le rêve de toutes les pensionnaires. On appelle cette poupée de cire un joli garçon. Eh bien! à trente ans, nous laissons ces poupées chez le coiffeur, et nous voulons épouser des hommes. Moi, qui vous parle, mademoiselle Louise, je vous ai vu naître, et j'ai droit de conseils sur vous, puisque vous n'avez plus de mère. Si je vous voyais épouser une tête de coiffeur comme celle de M. Auguste, je retirerais mes économies de la caisse d'épargne, et j'irais chercher fortune en Alger. Cela vous fait rire, eh bien, moi je pleure en y songeant.

— Mais, ma bonne Rose, ne vous désolez pas ainsi! On dirait que M. Auguste m'a demandée en mariage, et que j'ai prononcé le *oui*...

— Ah! mademoiselle... c'est que...

— C'est que... Voyons, Rose, achevez.

— Non, mademoiselle... j'en ai trop dit... il est

tard... vous avez besoin de repos... mettez-vous au lit... Avez-vous un ordre à me donner?...

— Baissez la persienne, mais laissez la vitre ouverte...

Rose exécuta l'ordre, et comme elle se penchait sur le bord de la fenêtre, elle retint un cri, et ferma la vitre seulement.

Louise se leva sur son lit, et interrogea par un signe.

Rose hésita, en bégayant.

— Qu'avez-vous vu? demanda Louise, à voix basse.

— Oh! mademoiselle, répondit Rose avec une grande émotion, les yeux nous trompent souvent la nuit... j'ai vu... oh! non, j'ai cru voir un homme, là, vis-à-vis, dans le feuillage de l'arbre...

— Sainte Vierge! dit Louise, en cachant son visage dans ses mains.

Et un frisson convulsif agita la jeune fille, comme la subite atteinte du froid le plus violent.

— Remettez-vous au lit, mademoiselle, lui dit Rose, en l'entraînant vers l'alcôve.

— Ce n'est pas un homme, c'est un démon! murmura la jeune fille; Rose ne me quittez pas, j'ai peur.

— Voulez-vous que j'aille dénoncer à votre père?...

— Non, interrompit Louise. Le mal est fait; n'ébruitons rien... Mon Dieu! que je suis malheureuse!

Les larmes comprimées firent irruption et inondèrent ses belles joues, arrondies pour le sourire.

Rose respecta quelques instants cette noble douleur virginale, et rompant enfin le silence, elle dit :

— Mais enfin, il n'y a pas là de quoi tant se désespérer !... Ce jeune homme est bien coupable, je ne le défends pas ; mais il faut bien aimer pour commettre un pareil crime. S'il vous aime ainsi, il vous épousera, et s'il vous épouse tout sera réparé.

— Tais-toi, tais-toi, dit Louise ; jamais, jamais !... j'aime l'autre...

Rose se laissa tomber sur le fauteuil de l'alcôve, inclina sa tête sur le chevet, et mêla ses larmes aux larmes de Louise.

Aucune autre parole ne fut échangée entre elles. A l'approche des heures matinales, le sommeil, qui ne perd jamais ses droits, vint leur donner sa consolation d'un instant.

II

La campagne avait cette mélancolie mystérieuse
qui accompagne le lever du soleil. Un jeune homme
sortait de la maison du bal, et descendait lentement
les marches du perron, en mettant ses gants, et cor-
rigeant les moindres plis avec un soin minutieux.

Deux jeunes filles, éblouissantes de beauté, Agnès
et Louise dormaient dans cette maison de campagne, et on reconnaissait les fenêtres de leurs
chambres aux fleurs amoncelées sur les balcons.
Même pour les indifférents, rien n'est doux aux yeux
comme la persienne de jardin qui voile la pudeur
des gynécées, aux heures calmes de l'aurore, quand
les fleurs parfument la terrasse, quand les oiseaux
et les fontaines chantent sans troubler le sommeil.

Ce qu'il faut attendre alors, comme un spectacle plus beau que le lever du soleil, et l'attendre, sans être vu, dans une ombre du voisinage, c'est l'apparition qui va rayonner bientôt à ce balcon de fleurs, et sourire à toutes les grâces de la campagne, à toutes les joies voluptueuses de l'été ; c'est la jeune femme qui sort du sommeil et d'un rêve d'amour, et donne l'enchantement et la vie à ce paysage mort. Dans notre siècle de chiffres et de prose, il en est bien peu, parmi les hommes, qui se plaisent à devancer l'aurore, pour voir lever les deux plus émouvantes choses de ce monde : la beauté du soleil sur une montagne couverte de chênes, la beauté de la femme sur un balcon rempli de fleurs.

Après avoir corrigé le dernier pli de ses gants, notre jeune Auguste descendit la grande allée, ouvrit la grille, entra dans une double haie d'aubépines en fleurs, et sonna avec précaution à la porte d'un joli cottage habité par la famille de son ami Octave. Les domestiques mêmes dormaient encore. Octave seul était debout dans la maison ; il vint ouvrir, en costume d'atelier, et tenant en main palette et pinceau. Deux mains tendues se serrèrent affectueusement, et Auguste, introduit devant le chevalet, s'écria : déjà au travail ! c'est édifiant !

— Je m'amuse à peindre un rêve, dit Octave, en

voilant son tableau avec un lambeau de serge grise.

— Et tu caches tes rêves aux amis? reprit Auguste en riant.

— Je ne rêve pas pour le public, répliqua Octave; tiens! voici ce que je puis te montrer... regarde cette esquisse... Pâris enlevant Hélène. Est-ce beau?

— Il n'y a pas d'Hélène, et je cherche Pâris.

— Mais tu vois une chambre, meublée à la grecque?

— Oui.

— Eh bien! c'est la chambre de Ménélas.

— Elle est déserte...

— Les deux amants viennent de partir, et le mari est en train de les poursuivre sur le port d'Argos. La chambre seule est restée. La voilà. Un chef-d'œuvre de chambre garnie : toi qui joues au savant, tu dois aimer les sujets antiques?

— Oh! mon petit Octave, je ne suis pas dupe de ta fausse bonne humeur. On n'est pas si gai à cinq heures du matin... à moins d'être coq de ferme... ta main brûle; ton teint est pâle; ton œil est cerclé de noir...

— C'est une ophthalmie qui m'a brûlé les paupières, cette nuit.

— En dormant?

— Non, à ma leçon d'astronomie; en veillant.

— Ah ! Octave, mon petit Octave ! tu seras donc amoureux toute ta vie ?

— Eh ! je commence à peine, mon grand Auguste ! Ah çà ! mais, tu viens me professer la morale au lever du soleil ! ta montre avance de cinq heures sur l'horloge de la Sorbonne ? Laisse-moi donc me réveiller. Si tu continues tu vas m'endormir.

— Je suis ton ami, Octave, n'est-ce pas ?

— Oui, mais donne ta démission de professeur.

— Mais, au moins, tu accepteras mes conseils ?

— Oui, à condition que tu ne m'en donneras pas.

— Adieu, Octave, je vais attendre le réveil de ta raison.

— Eh ! mon Dieu, reprit Octave en trépignant, je connais ta vieille chanson ; je vais te l'accompagner au piano. Tu me la chantes toutes les fois que je m'approche d'une robe de satin. Tu vas encore me citer des vers de Juvénal et de Boileau contre les femmes. On connaît le sexe de ces deux coquins...

— Octave ! Octave !... ces deux grands poëtes...

— Sont deux grands scélérats comme tous ceux qui disent du mal des femmes. Si Juvénal vivait à Rome, aujourd'hui, il serait engagé par le pape, comme *soprano*, à la chapelle Sixtine, et Boileau chanterait un duo avec lui, à l'unisson. Ne me parle plus de ces gens-là.

— Octave, je voulais te parler sérieusement...

— En prose ?

— Oui.

— Parle ; mais point de citations empruntées aux gardiens du sérail, entends-tu ?

— Soit... Octave, tu te perds dans la maison de M. Lebreton où je t'ai présenté l'an dernier. Cette nuit ta conduite a été un vrai scandale. On ne doit pas valser comme tu valses, sous peine de passer pour un vampire de profession.

— En voilà une bonne ! Mais il me semble que je valse comme tout le monde. S'il y a scandale, c'est la faute de la valse, qui n'a jamais été une danse fort morale. Que diable ! la musique vous prodigue des notes fulminantes sous les talons, et un père commet la sottise de vous lancer sa fille sur la poitrine, sous prétexte de bal, et on resterait grave comme le nez d'un Allemand, et froid comme saint Sylvestre. Allons donc ! Je veux être franc avec toi. Oui, j'aime Louise ; et quand je dis *j'aime,* c'est parce que le dictionnaire de Boileau ne me donne que ce mot stupide pour exprimer ce que je sens. Si je te disais *je l'adore,* tu ne me comprendrais pas davantage. Il y a une langue pour dépeindre une passion comme la mienne ; mais cette langue n'a point d'alphabet, point de grammaire ; elle se fait entendre de moi seul ; elle retentit en moi de la plante des pieds à la racine des cheveux. Si je vois dans un lointain d'ombre une frange de la robe de cette jeune fille, tout mon corps lui crie : je t'aime, ma bouche seule se tait. Et tu veux ensuite que j'additionne froidement avec elle les chiffres d'un menuet, quand la liberté du bal me livre cette proie d'amour ? Oh ! non, je n'applique pas à mes passions mes études en mathématiques. Je voudrais avoir alors les cent bras de Briarée, et dussé-je comme lui être écrasé par l'Etna, je l'enlèverais, à chacun de mes bonds, pour la rapprocher de mes lèvres, et boire son souffle, m'enivrer de son parfum, effleurer ses cheveux, vivre une minute dans le brûlant voisinage de toutes ses beautés. Dis-moi, maintenant, y a-t-il dans ton vocabulaire de glace un mot qui t'exprime ma passion ?

A ces derniers mots, le jeune Octave semblait avoir atteint le paroxysme de la folie amoureuse : ses yeux lançaient des flammes, ses lèvres frissonnaient de convulsions, ses boucles de cheveux noirs s'élevaient au-dessus du front et retombaient sur les tempes, comme si une main invisible eût réglé ce double mouvement.

Auguste regardait son ami avec des yeux remplis d'une expression étrange ; il ne s'attendait pas sans doute à cette véhémence de langage passionné, et il ne savait quelle tournure de style calme pouvait ramener l'entretien vers une forme possible. Un témoin de cette scène aurait sans doute expliqué dans ce sens le trouble réel et l'embarras muet d'Auguste.

Octave, après cinq minutes de silence, reprit le ton familier et dit :

— Maintenant, tu es fixé sur mon compte. Nous nous reverrons chez M. Lebreton après midi, à l'heure du whist. Il faut que j'achève mon croquis... à huis clos. Et il ajouta en riant :

— Le public n'est pas admis.

— A la bonne heure ! dit Auguste, te voilà rentré dans ton naturel charmant; on peut causer avec toi...

— Cinq minutes... Le temps de préparer mes couleurs.

— Enfant ! à ton âge, tu t'avises d'aimer comme un fou une petite fille qui sort du couvent.

— Veux-tu que j'attende mes soixante ans pour épouser une vieille femme qui sort de l'hôpital?

— Ma foi ! ce serait plus sage.

— Mais, mon cher Auguste, quel sang de nénufar as-tu dans les veines ! tu connais Louise, n'est-ce pas?

— Belle question !

— Comment la trouves-tu ?

— C'est une pensionnaire mignonne. Si elle jouait avec sa poupée, je ne saurais pas dire laquelle des deux joue avec l'autre.

— Ainsi, tu détestes les jeunes filles de seize ans ?

— Elles me sont indifférentes.

— A quel âge les aimes-tu ?

— A l'âge de... de... quelle diablesse de question me fais-tu là !... je n'aime pas les blondes.

— A quel âge aimes-tu les brunes ?

— Mon ami, nous vivons dans un siècle grave. Avant de songer à des folies, un jeune homme doit...

— Va te promener, interrompit brusquement Octave ; tu n'aimes ni les brunes ni les blondes ; on t'a mêlé en nourrice. Je crois que tu es ta sœur.

— Impossible de parler raison cinq minutes avec toi... Adieu, Octave... tu ne veux pas me montrer ton croquis ?

— Dieu m'en garde ! c'est une petite blonde.

— En robe de bal ?

— En robe d'Éden, avant la crinoline de figuier.

— Mon pauvre Octave ! tu sais que Raphaël est mort à trente-cinq ans pour avoir joué ce jeu !

— Et toi, mon riche Auguste, tu mourras à cent

ans, et tu n'auras pas vécu. Mathusalem est mort plus jeune que Raphaël. Adieu.

Auguste leva les yeux au plafond, haussa les épaules, prit son chapeau, remit ses gants et sortit de l'atelier.

Resté seul, Octave découvrit son chevalet et donna à son œuvre ébauchée dans une nuit ce regard d'amoureuse langueur, qui meurt sur une image divine, et recommence toujours.

III

Auguste suivit un petit sentier qui conduit a la rivière, et s'arrêta sur la berge, dans l'attitude d'un homme désolé par le désespoir ou l'ennui : tout n'était que joie et fête aux environs. La Seine, *à regret fugitive,* avait sa jolie robe verte d'été; elle coulait avec un bruit charmant, et lutinait les arbustes penchés sur les berges. De tous côtés le paysage riait aux yeux et faisait croire au bonheur. Sous les grands arbres des deux rives s'éparpillaient sans symétrie, les maisons de campagne, avec leurs grilles, leurs jardins, leurs persiennes vertes, leurs perrons ornés de vases de fleurs.

Ce tableau était chose morte ou absente pour Auguste; il ne regardait rien, et adossé contre un

arbre, dans une pelouse émaillée de fleurs sauva-
ges, il fauchait avec son *stick* les plus hautes, et
jouait au jeu de Tarquin.

Un grand canot, joyeusement pavoisé, descendait
lentement la rivière avec de jeunes et jolies passa-
gères, qui chantaient la délicieuse mélodie de Mon-
pou : *Exil et retour!* c'était un Décaméron à la voile.
Rien n'était doux à entendre comme ce chœur de
timbres d'or, accompagné par le frémissement des
jeunes trembles et le bruit de l'eau, déchirée par la
proue de fer. Les petits paysans accouraient pieds
nus; ils regardaient et écoutaient, dans une extase
naïve, et quand la vision eut disparu, ils s'en retour-
naient tristes, comme si un malheur les eût frappés
subitement.

Anguste avait lancé au canot un coup d'œil in-
différent; il continuait le jeu de Tarquin.

Un observateur de profession aurait dit, en voyant
ce jeune homme : « Il a fait une perte énorme à la
Bourse, ou il a été trahi par sa maîtresse, ou il
médite un attentat, comme Tarquin. »

Trois erreurs!...

Après une heure ainsi perdue à décapiter des
herbes, Auguste fit un de ces gestes énergiques qui
signifient : j'ai pris une résolution.

Une longue pensée, entretenue dans la solitude,

donne toujours un dénoûment salutaire aux souffrances de l'esprit.

Il reprit le petit sentier du village, mais toujours sans prêter la moindre attention à la série des charmants tableaux qui se déroulaient à droite et à gauche. On voyait, à travers les grilles, des jeunes gens et des jeunes femmes, dans les rayons de leur lune de miel, échangeant entre eux des regards encore remplis des souvenirs de la nuit : on voyait de jeunes mères, assises à l'ombre, et heureuses de leurs enfants, qui jouaient sur le gazon. Par intervalles, une gamme d'or, unie à un accord de piano, sortait de la persienne, comme pour donner le *la* aux rossignols, et les arbres retentissaient de chants d'oiseaux. Sourd et aveugle pour toutes ces joies, Auguste marchait avec sa résolution.

La cloche du parc sonnait le déjeuner chez M. Lebreton, et le maître, debout sur le perron, comme un *land-lord* d'hôtellerie anglaise, attendait ses convives en retard.

— Toujours exact ! s'écria M. Lebreton en apercevant Auguste ; dix heures sonnent au chemin de fer.

— Réglé à la minute, dit Auguste en tirant sa montre.

— Voilà ce que j'aime, l'exactitude, reprit M. Lebreton ; eh bien ! comment avez-vous passé la nuit ?

— J'ai peu travaillé; j'ai été arrêté par une obscurité géographique. Il faut que j'aille à Paris, pour faire des recherches à la bibliothèque. Il y a deux fleuves en Campanie, l'Aufide et le Vulturne, et ce dernier est passé sous silence par quelques historiens.

— C'est grave, dit M. Lebreton pour dire quelque chose.

— Très-grave!

— Et voilà les nobles soucis des jeunes gens d'aujourd'hui, reprit M. Lebreton avec enthousiasme; ah! vous valez mieux que vos pères. Je ne suis pas de ceux qui vantent le passé, moi : à votre âge, je me serais fort peu soucié, moi, de savoir si l'Aufturne ou le Volfide sont en Champagne ou en Bourgogne; je n'avais en tête que de folles équipées. Il est vrai que tout cela, un jour, a fini par un bon mariage... comme vous finirez, vous; car, voyez-vous, mon cher enfant, le bonheur est là, dans une union assortie... et avec un peu de richesse... la richesse ne gâte rien... Ah! voici ma belle voisine, Mme de Gérenty... Allons la recevoir... Elle marche comme une reine... Allons, monsieur Auguste, accompagnez-moi.

Mme de Gérenty est une femme qui, en 1858, se donnait vingt-cinq ans; et qui ne mentait pas, car elle en avait trente-deux, nombre synonyme de vingt-cinq. A Rome, un jour qu'elle passait au musée du Capitole, devant la Vénus Capitoline, on entendit une voix qui disait : « Voilà le pendant! Vénus sans crinoline! » Le mot courut au palais Colonna, chez les jeunes attachés de la chancellerie. M. de Gérenty trouva la rime mal sonnante, chercha le rimeur et le découvrit. C'était un jeune peintre. Il y eut cartel et rencontre sanglante, sous le pic volcanique de Radicoffani, sur un terrain de lave qui n'appartient ni à la Toscane ni au pape. Le peintre fut blessé à mort. M. de Gérenty, ne pouvant rentrer à Rome, trouva un avantageux échange de fonctions diplomatiques à la chancellerie de Constantinople.

Cet incident était ignoré dans la banlieue de Paris, où Mᵐᵉ de Gérenty vivait, loin du monde, en attendant le retour de son mari. La calomnie et la médisance respectaient cette femme, malgré sa beauté merveilleuse et son esprit, et même malgré certaines allures d'indépendance qui font toujours jaser malicieusement les voisins et les amis.

M. Lebreton s'inclina profondément devant Mᵐᵉ Gérenty; Auguste daigna lui donner un salut distrait.

— Je me suis fait attendre, dit-elle, en acceptant le bras de M. Lebreton; mais je viens de recevoir une lettre de mon mari, et il a fallu répondre à la hâte. Je ne sais pas trop ce que je lui écris ; c'est toujours bon pour un pays de Turcs. Je déteste les Turcs; aussi Constantinople ne me verra jamais. Mon mari ne peut vivre qu'en Orient; je l'appelle Gérenty-Bey. Monsieur Lebreton, vos géraniums sont superbes. Léclancher est votre fournisseur ?

— Oui, madame, surtout pour les dahlias.

— Aimez-vous les fleurs, monsieur Verpilliot?

— Tout le monde aime les fleurs, madame.

— Eh bien ! veuillez bien me cueillir cette rose Carné qui nous salue, et me l'offrir.

Auguste obéit avec une promptitude extraordinaire, et Mme de Gérenty se dégageant du bras de Lebreton, remercia par un sourire, prit la fleur, et, ôtant son chapeau de jardin, elle la plaça dans une boucle de ses beaux cheveux noirs.

Une nouvelle idée venait sans doute d'éclater dans le cerveau d'Auguste, car il montrait pour la belle brune un empressement qui devait l'étonner lui-même, tant il semblait naturel.

Un domestique annonça le déjeuner servi, et Auguste offrit son bras à Mme de Gérenty et s'assit à sa gauche, en donnant à sa figure toutes les contractions expansives qui révèlent l'homme heureux.

M. Lebreton jeta un regard autour de la table, et remarquant une place vide, il dit :

— Et ma fille ? et Louise ? on ne l'a pas avertie ?...
Est-elle dans le parc ?

Rose s'avança sur la pointe des pieds, et dit quelques mots à l'oreille de M. Lebreton, qui se leva
tout à coup, sortit de la salle, et monta lestement
à la chambre de sa fille. Rose suivait.

Louise était assise devant la fenêtre et lisait un
journal ; elle se leva, embrassa son père, et lui dit :

— Je me trouve un peu indisposée... ce n'est
rien... je déjeunerai dans ma chambre... c'est la fatigue du bal.

— Au diable le bal ! dit le père ; je n'en donnerai
plus... Mais si tu ne descends pas, ma bonne Louise,
le déjeuner sera triste...

— Y a-t-il beaucoup de monde ?

— Nous sommes dix... Mme de Gérenty est arrivée...

— Elle a une robe blanche de mousseline brodée,
dit Rose, et une mantille de dentelles noires de
Chantilly.

Et Rose, en disant cela, fit un signe à Louise derrière les épaules de M. Lebreton.

Ce signe disait : « M. Octave n'y est pas, vous
pouvez descendre. »

— Allons !... puisque vous le voulez, dit Louise
avec résignation.

3

M. Lebreton embrassa tendrement sa fille, et la conduisit triomphalement à la salle basse, où les convives étaient plongés dans le silence de l'inquiétude.

En voyant entrer Louise, Mlle Agnès tressaillit de joie, et dit :

— Regardez-la, elle illumine la salle ; ce n'est pas une femme, c'est un rayon de soleil.

— Laissez donc dire cela aux hommes, remarqua Mme de Gérenty.

— Et si les hommes ne le disent pas ! reprit vivement Agnès.

Louise vint s'asseoir à côté de son amie, et la conversation s'établit entre hommes. Les femmes se parlaient bas.

On parla de la hausse des fonds, du crédit mobilier, de l'hospice du Vésinet, du prix des terrains, du drainage, de M. Coste, de Saint-Médard ; enfin, de toutes les questions agitées en général dans les entretiens des repas.

A la faveur du tumulte soulevé par ces discussions intéressantes, le jeune Auguste Verpilliot avait engagé avec sa belle voisine, Mme de Gérenty, une conversation diplomatique. Nous la prendrons à son point le plus important.

— Ainsi, disait Mme de Gérenty, vous quitteriez la France avec plaisir ? notre belle France !

— Oui, madame, c'est une résolution que j'ai prise ce matin ; elle est irrévocable.

— Avec votre fortune, à votre âge, et avec votre instruction, vous pouvez prétendre à tout.

— Oh ! madame, le talent de l'intrigue me manque. Je n'arriverai à rien.

— Est-ce un violent chagrin qui...

— Non, madame.

— La soif des voyages ?

— Non, madame ?

— Encore une question indiscrète... Un désespoir d'amour ?

— Non, madame... Je m'ennuie, voilà tout.

— Même en ce moment ?

— Ce moment est un moment ; il va finir, madame.

— Mais on peut le recommencer... En vérité, monsieur Auguste, votre nostalgie anonyme excite l'intérêt de tous vos amis. En vous voyant si jeune, si riche, si fort, si vivant, on dit partout : « Oh ! quel homme heureux ! il porte sa bonne fortune écrite sur son visage ! » Et tout cela serait faux ? et vous seriez à plaindre comme un vieillard qui entre à l'hospice des incurables ?

— Heureux vieillard !

— Mais, c'est affreux ce que vous dites-là ! monsieur. Vous blasphémez contre la Providence, qui vous a comblé de ses dons ! Vous êtes un ingrat... Alors, couvrez-vous de cendre, prenez des haillons, fuyez le monde. Pourquoi prenez-vous tant de soins de votre personne ? pourquoi vous habiller avec tant de goût ? pourquoi vous faites-vous citer comme le modèle du *Journal des Modes ?* Veuillez bien m'excuser, monsieur, si j'insiste sur une indiscrétion, mais je veux être démentie deux fois. Vous avez au fond du cœur un désespoir.

Auguste se tut et regarda le plafond.

— J'irai plus loin, maintenant, poursuivit Mme de Gérenty ; il y a ici une jeune fille, très-belle et très-riche, une héritière blonde qui, en entrant, a soulevé un murmure d'admiration. Tous les yeux l'ont regardée et la regardent encore. Un seul homme a affecté de ne pas lui donner un coup d'œil. Cet homme aime cette jeune fille... Voilà le désespoir.

Auguste s'obstina dans son silence, et savoura lentement un verre de Bordeaux.

— Je m'en doutais ! remarqua Mme de Gérenty dans un *à parté* triomphant.

—Eh bien ! madame, dit Auguste, le désespoir étant admis, ne m'approuvez-vous pas dans ma résolution ?

Il y a des maladies morales qui demandent aussi un changement de climat. Votre mari jouit, dit-on, d'un certain crédit dans les chancelleries orientales ; avec sa puissante recommandation et la vôtre, madame, ne pourrais-je pas être nommé attaché d'ambassade... à... à Constantinople, par exemple ?...

— Quelle idée ! Vous iriez vivre chez les Turcs ? vous, Parisien comme le Louvre ! Vous ne connaissez donc pas Constantinople ?

— Non, madame.

— Je l'ai traversée, moi, et je ne lui ai pas dit au revoir. Des rues qui montent, des Turcs qui fument, des chiens qui mordent, des mosquées de carton, des promenades de cyprès, des tombeaux pour banquettes, des maisons en ruine, des minarets qui crient l'heure qu'il n'est pas, des boutiques sans acheteurs, des cafés sans café ; l'hiver au mois d'août, l'été en décembre ; le vent partout : il souffle du Bosphore, de la Corne-d'Or, de la mer Noire, de Marmara ; un sérail qui sue l'ennui par tous ses kiosques, et des passants qui vous saluent en vous disant en turc : « Chien de chrétien ! » Je flatte le portrait ; mais, n'importe ! il en reste encore assez pour ébranler votre résolution.

— Mais, madame, ce sont des mœurs à étudier.

— Ah ! oui, elles sont belles leurs mœurs.

— Madame, l'observateur ne dédaigne rien... il y a là, d'ailleurs, comme dans toutes les capitales, une société française, une colonie européenne ; je ne sortirai pas de ce cercle civilisé. Ma décision est irrévocable. Me promettez-vous, madame, votre protection ?

— C'est un service homicide que vous me demandez, monsieur Verpilliot ; mon devoir est de vous laisser deux jours à vos réflexions.

— J'accepte le délai, madame.

— Et qui sait! deux jours changent bien des choses. Oui, monsieur, j'ai dans l'idée qu'avant l'expiration du sursis le condamné pourra obtenir sa grâce. Un sourire guérit un désespoir. Attendez votre médecin.

— Eh bien ! eh bien ! s'écria M. Lebreton; vous sortez, mesdemoiselles? on va servir le café.

Cette question s'adressait à Louise et à Agnès, qui couraient vers la porte avec précipitation.

Agnès, entraînée par Louise, répondit d'un ton résolu :

— Nous aimons mieux prendre l'air que le café. On étouffe ici.

Les deux jeunes filles entrèrent dans le parc, et quand elles furent bien loin de toutes les oreilles, Louise, au comble de l'exaltation, s'écria :

— Madame de Gérenty sortira de ma maison, ou j'entrerai, moi, dans un couvent. Voilà ce que je vais dire à mon père.

— Oui, ma chérie, je comprends ta colère; mais tu vas te trahir; c'est comme si tu disais à ton père : « Je suis jalouse de cette femme. »

— Tant pis! je me trahirai... oh! une femme mariée! elle se laisse faire la cour par un jeune homme! c'est indigne! et lui! lui!... il ne m'a pas regardée une seule fois!... il aime cette femme!... il lui a donné une fleur pour ses cheveux!... Rose a tout vu, et m'a tout dit... mon Dieu! que je souffre!

— Ma chère ange, dit la jeune amie avec affection, ne pleure pas ainsi... on va venir... tiens! regarde... on prend le café sur la terrasse... Mme de Gérenty a pris le bras de ton père... ils ont l'air de se faire des confidences... ton père écoute en riant... laisse-moi essuyer ces deux perles qui te restent sur la joue... Aussi, quelle idée d'aimer ce petit blondin!... on m'a demandée trois fois en mariage, moi. Il faut voir comme j'ai reçu mes amoureux!... ton père te cherche... prends ton visage de tous les jours... essaye de sourire... bien!... comme tu es belle quand tu ne pleures pas!

En effet, M. Lebreton cherchait sa fille :

— Allons, viens m'embrasser, dit-il à Louise, j'ai une bonne nouvelle à t'annoncer.

— A moi, bon père ?

— Oui, à toi... un jeune homme, beau, riche, aimable, instruit, te demandera bientôt en mariage...

— Mais je ne veux pas me marier, dit Louise en pâlissant.

— C'est ce qu'a dit ta mère aussi, répondit M. Lebreton... écoute, Louise ; je t'ai choisi ton mari, moi ; c'est tout dire. Il t'aime, et quand tu seras sa femme, tu l'aimeras. En attendant, sois polie envers M. Auguste Verpilliot.

— C'est lui qui... dit Louise, sans pouvoir achever la phrase.

— Chut ! interrompit le père, en riant ; donne-moi le bras, et prenons le café.

IV

Agnès s'était tenue à l'écart, et n'avait pas entendu la confidence apportée par M. Lebreton.

Louise, toute bouleversée par cette révélation inattendue, n'osait plus quitter le bras de son père, afin de se préparer par la réflexion à une entrevue inévitable, où elle devait entendre un aveu bien doux sans doute à son cœur, mais toujours redoutable d'imprévu pour une jeune fille de seize ans.

M. Lebreton avait cette étourderie juvénile que les hommes gardent souvent toute leur vie, quand le bonheur ne les quitte pas. Il avait foi dans tout ce qu'il désirait, comme tous les favoris de la réussite ; plein d'affection pour sa fille, il aurait toujours retardé l'heure du mariage, et redoutant un mari inconnu, il voyait avec joie cette crise domestique heureusement dénouée par la demande d'Auguste, ce jeune homme selon ses vœux.

Après le café, plusieurs voix proposèrent une promenade sur l'eau. M. Lebreton venait de faire construire deux canots , à l'arsenal maritime d'Asnières, et il était bien aise de montrer son escadre neuve à ses invités.

— Au port! au port! s'écria-t-il avec enthousiasme.

Cette proclamation d'amiral étant faite, M. Lebreton dit à Auguste :

— Mon jeune ami, donnez le bras à ma fille, et moi j'offre le mien à Mme de Gérenty ; en marche, mesdames et messieurs !

On suivit l'allée qui conduit au port. M. Lebreton et sa belle voisine causaient à voix basse.

— Madame, disait M. Lebreton, vous êtes une véritable amie, et le service que vous avez rendu à ce jeune homme est immense. Je connais ma fille Louise... c'est ma fille... elle n'a d'autre volonté que celle de son père, elle prendra un mari de ma main, les yeux fermés.

— Oh ! je connais son caractère, dit Mme de Gérenty ; c'est un ange.

— Ensuite, reprit M. Lebreton, le mari que je lui

donne serait digne d'une princesse. Auguste Verpilliot est un jeune homme accompli. D'ailleurs, ce
mariage a toujours été mon rêve... ce pauvre garçon!
quelle timidité d'enfant!... timidité qui l'honore!...
il voulait s'exiler à Constantinople... il y serait
mort de la peste!

— Ou d'ennui.

— Oui, madame; on meurt de tout dans ces affreux pays de Turcs... Regardez-les marcher tous
les deux devant nous! Y a-t-il jamais eu un couple
mieux assorti... cela me rajeunit, moi.

— Et vous êtes, sans doute, dans l'intention de
nous donner bientôt le bal de noces? demanda
Mme de Gérenty, en riant.

— Mais, madame, il ne faut jamais retarder le
bonheur des siens.

— Bien pensé, M. Lebreton!

— Demain, madame, je vais à Paris annoncer le
mariage à ma sœur; c'est elle qui se chargera de la
corbeille. Rien ne sera trop beau, ni trop cher pour
ma chère Louise... Savez-vous, madame, ce qui
doublait la timidité naturelle d'Auguste!... c'est la
crainte de laisser croire qu'il était tenté par une dot
de cinq cent mille francs.

— Vous êtes dans le vrai, M. Lebreton; c'est un
jeune homme très-délicat.

— Oui, madame, c'est la délicatesse en personne. Qualité si rare de nos jours... Madame, je n'oublie-rai jamais le service que vous avez rendu à ma fa-mille, en cette occasion.

— Mais, M. Lebreton, mon action est une chose fort naturelle. Mon expérience de femme m'a fait découvrir, en déjeunant, que M. Auguste était éper-dument amoureux de Louise, et que sa timidité le poussait à une résolution de désespoir. J'ai de-mandé deux jours à cet heureux désespéré, et je l'ai charitablement trahi pour vous confier son salut.

On venait d'arriver à l'embarcadère, où les deux canots étaient amarrés à leurs anneaux. Là, M. Au-guste Verpilliot se dégagea du bras de Louise, lui donna un salut imperceptible, et se rapprochant de M. Lebreton, il dit :

— Mon heure de récréation est terminée. Je ne suis pas un oisif, moi ; le travail me réclame. Le terme du concours approche ; il faut que j'envoie mon manuscrit à l'Institut, dans huit jours au plus tard.

— Mon jeune ami, dit M. Lebreton, Dieu me garde de vous faire la moindre objection ! je res-pecte trop ce noble amour que vous avez pour le travail.

Et, se tournant vers Mᵐᵉ de Gérenty, il ajouta :

— Trouvez-moi son pareil dans la jeunesse d'aujourd'hui ! c'est prodigieux.

Auguste avait déjà fait son salut amical, et il remontait l'allée de l'embarcadère d'un pas précipité, comme s'il eût redouté un rappel... Sa figure, qu'une hypocrisie naturelle maintenait, devant témoins, dans les lignes de la sérénité, avait repris sa teinte sombre ; il allait devant lui, sans trop se soucier du but de sa course, qui était toujours l'isolement. Énigme de lui-même, il saisissait toutes les occasions de fuir le monde, pour se recueillir et se deviner, et dès qu'il était seul, il aurait voulu aussi fuir sa pensée, de peur de deviner son énigme. Solitude et société lui étaient également intolérables. Parfois, il levait les yeux au ciel, et son regard ressemblait à une interrogation désolée ; mais aucune voix de l'air ne répondait à son *pourquoi*.

Marchant au hasard, il arriva devant la porte de la maison, traversa le vestibule, monta l'escalier, et se réfugia dans sa chambre, pour ne rien voir et n'être pas vu. Il ouvrit la bibliothèque et la ferma tout de suite, en disant : Tant de livres ! et pas une ligne pour moi. Il s'assit, ôta ses gants et les foula aux pieds. Il ferma les yeux pour provoquer le sommeil, mais il vit alors éclater tant de choses dans l'optique de l'imagination, qu'il les ouvrit pour voir les meubles stupides de sa chambre et le cadre bourgeois de son néant.

Tout à coup, la porte s'ouvrit, et Octave fit irruption dans la chambre. C'était sa manière d'entrer.

— C'est comme ça que tu travailles? s'écria-t-il. Personne dans la maison ! où sont-ils? où est-elle? Je n'ai trouvé que des échos dans le vestibule. Le salon est désert. Au billard, j'ai fait une partie avec moi et je me suis gagné. Où diable est-il tout notre monde? Tiens! tu as mis tes gants à tes pieds! Viens donc jouer au billard.

— Impossible, Octave; je travaille.

— Ne me fais pas à moi ces contes bleus; me prends-tu pour M. Lebreton?

— Eh bien ! je suis censé travailler.

— A la bonne heure... ta fenêtre s'ouvre sur la rivière... oui... oui, je reconnais l'arbre...

— Quel arbre?

— Tu es bien curieux, Auguste !

Et s'exaltant tout à coup, il se frappa le front, et dit :

— Sa chambre est sous nos pieds... Auguste, veux-tu descendre au billard? c'est mon ultimatum.

— Mais ne sommes-nous pas bien ici pour causer?

— Causer de quoi? t'imagines-tu que j'aie du

plaisir à causer avec un homme?... Trouves-tu du plaisir à causer avec moi?

— Certainement.

— Au mois de juin?

— Oui.

— A la campagne?

— Comme à la ville.

— Alors tu es un animal que Buffon n'a pas classé. Adieu.

— J'ai dans l'idée que tu vas faire quelque folie, dit Auguste en se levant.

— Ton idée est juste.

— Alors je ne te quitte pas.

— Oui, viens, j'ai besoin d'un sergent de ville, à la campagne. Viens me garder.

Octave prit les devants, fit le signe de la déesse Muta, et marchant sur la pointe des pieds, pour donner l'exemple de la prudence, il descendit à l'étage inférieur, et fit l'examen des portes. Après quelques hésitations, il dit, d'une voix tremblante :

— C'est là !

Auguste, devinant le projet de son ami, le saisit par le bras et l'entraîna vers la rampe; mais Octave se révolta vigoureusement, ouvrit la porte, et entra dans la chambre de Louise.

Il fut d'abord saisi de respect, comme le fidèle

croyant sur le seuil du lieu saint, et ses bons instincts moraux se réveillant, il recula devant un sacrilége ; mais la fièvre de l'amour arriva au délire,
et tout ce qui était honnête en lui s'évanouit. Le
corps triompha de l'âme. Toutefois, ses mains osaient
d'abord à peine effleurer tant de charmantes futili-
tés éparses autour de lui, dans leur désordre de la
nuit dernière : la jolie robe de la veille ; le corset encore humide du bal ; le bouquet fané par le lustre ;
la gaze arrondie et dévastée par la valse ; les petits
souliers d'enfant, au satin terni ; le mouchoir de batiste, orné de l'initiale chérie ; enfin, le lit virginal,
où le marbre de la Vénus de Naples semblait avoir
laissé son adorable empreinte, en s'incrustant sur
l'édredon ; et alors une folie, arrivée au paroxysme,
poussa des lèvres coupables à la profanation générale
de ce temple de la pudeur. Le seul témoin qui vit
passer cet ouragan d'amour, Auguste restait immobile, et avait oublié son devoir de surveillance ; il
ne comprenait rien à la furie de ses caresses dévo-
rantes, et il paraissait en souffrir, comme s'il eût
aimé la jeune idole de ce temple ; comme si cette
scène inouïe lui eût enfin révélé un formidable rival avec lequel il devait lutter dans une intrigue
d'amour.

Une voix se fit entendre, dans la cage sonore de

l'escalier, et Auguste se précipita sur Octave, en disant à son oreille le mot des tragédies : *On vient !*

Ce fut la goutte d'eau qui éteignit le volcan. Le lion se laissa conduire par la main d'un petit jeune homme, et la porte fut refermée avec précaution.

Rose montait aux appartements. Octave fit un effort énergique pour donner du calme à sa figure et à sa voix, et, en se croisant sur l'escalier, avec la femme de chambre, il lui dit sur le ton de la familiarité :

— Nous allons jouer au billard, voulez-vous venir compter les points ?

— Non, monsieur, répondit Rose, en riant; je suis trop en retard ; la chambre de mademoiselle n'est pas faite.

— Alors, je vais vous aider, reprit Octave,. en remontant une marche.

Rose lui barra le chemin.

— Regarde-la, Auguste, poursuivit Octave, elle est jolie, Mlle Rose ! on la prendrait pour la duchesse de la maison, ou la sœur de sa jeune maîtresse.

Auguste avait disparu.

— Mais il a donc peur des femmes, votre ami ? demanda Rose, à voix basse.

— C'est un poltron, reprit Octave; en s'échappant trop vite, il m'a décousu un bouton de mon paletot...

je ne puis me présenter décemment, avec un paletot borgne... prêtez-moi une aiguille et du fil, je
vous les rendrai, parole d'honneur !

— Monsieur Octave, vous avez une folie si amu-
sante qu'on ne peut rien vous refuser... attendez-
moi là un instant... ne me suivez pas...

— Ne craignez rien, je vous attends.

— Mais vous me suivez toujours, monsieur Octave !

— Tiens ! c'est vrai ! je n'y prenais pas garde.

— Je vais chercher ce qu'il faut dans la chambre
de mademoiselle.

— Il fallait me dire cela tout de suite, mademoiselle Rose. Je suis une statue d'escalier ; je ne bouge
pas...

— Ah ! je me méfie de vous, monsieur Octave.
Vous avez des intentions coupables...

— Qui vous a dit cela, mademoiselle ?

— Mon petit doigt.

— Votre petit doigt aura une récompense ; il
mérite d'orner un diamant.

Et Octave mit lestement une bague de très-grand
prix au petit doigt de Rose.

— Oh ! que je voudrais avoir le courage de vous
rendre ce cadeau ! dit la belle soubrette ; et si je le
garde, savez-vous pourquoi ?

— Dites, je saurai.

— C'est parce que vous aimez mademoiselle... et de quel amour ! tenez, monsieur Octave, si vous n'étiez pas fou, vous le deviendriez.

— Soyez tranquille sur mon compte ; j'ai la folie des hommes d'autrefois: celle qui nous a mis au monde, avec des passions viriles. Cette folie ne conduit pas à Charenton. Mon père avait cette folie, avant son mariage, et c'est aujourd'hui le plus sage des hommes. Vous le connaissez ce bon M. Desbaniers?

— Oui, il paraît même un peu froid.

— Il a eu huit enfants ; je suis le cadet, et le plus calme. Mais vous oubliez le bouton de mon paletot...

— Je suis à vous, monsieur Octave... Ah ! n'entrez pas dans cette chambre... attendez-moi dans le corridor...

— Rose, la bague de votre petit doigt a une sœur... voyons quel mal puis-je faire à cette chambre, si j'entre...

— C'est moi qui fais le mal ! monsieur Octave.

— Et qui le saura?

— Belle raison ! ma conscience.

— Mais, mon Dieu ! la conscience permet d'entrer dans une chambre inhabitée, et si vous n'avez que ce crime à lui avouer, vous serez Rosière de Chatou l'été prochain...

— Ce diable d'homme!... Donnez-moi votre paletot... ne vous montrez pas... tenez-vous à distance de la fenêtre... les deux canots passent sur la rivière...

— Y est-elle, Mlle Louise ?

— Oui, monsieur.

— Je veux la voir... là, dans ce coin de vitre et de rideau... Oui, je la vois... une robe blanche... un chapeau rose... une ombrelle verte... Adorable comme toujours ! Elle regarde cet arbre...

— Vous savez, monsieur Octave, que cet arbre va être coupé.

Octave bondit, et regarda Rose.

— Eh bien! qu'est-ce que cela vous fait? dit la soubrette, en coupant le fil.

— Et pourquoi supprime-t-on cet arbre? demanda Octave, d'un air stupéfait.

— Vous ne le devinez pas? c'est pourtant bien facile... Cet arbre gêne la vue... il masque la rivière.

— Ah! il masque!

— Et puis... ajouta Rose en riant... un voleur de nuit, un peu leste, pourrait bien sauter de cet arbre sur le balcon de mademoiselle.

— Mais ce voleur prendrait la profession d'oiseau, et il gagnerait davantage.

— Taisez-vous donc, monsieur Octave. N'ai-je pas vu ce matin, sur l'écorce de cet arbre, un lambeau de pantalon blanc? les trembles ne portent pas de ces fruits... tenez... Connaissez-vous cet échantillon?... je l'ai serré dans la poche de mon tablier...

Octave s'empara vivement de cette pièce de conviction, et sa figure se couvrit de pâleur.

— Nous avons un jardinier qui a fait la guerre de Crimée, ajouta Rose, et qui, le mois dernier, a tiré un coup de fusil sur un maraudeur... Vous savez cela, monsieur Octave?

— Oui, Rose.

— Eh bien! c'est superbe! monsieur Octave; vous méritez d'être aimé.

— Rose, dit Octave, vous êtes un démon... mais un démon charmant... C'est vous qui m'avez vu?

— Oui... méchant jeune homme!... au moment où je déshabillais mademoiselle... que la nuit était chaude!... Au moment où...

— Taisez-vous, Rose!... je donnerais ma vie pour expier cette faute...

— Mais il ne s'agit pas de donner sa vie, monsieur Octave; on expie les fautes de l'amour à meilleur marché. Votre père a une grande fortune. Vous avez vous-même une fortune dans votre talent de peintre. Toutes les riches héritières seraient heureuses de porter votre nom. Pourquoi ne demandez-vous pas Mlle Louise en mariage? C'est bien simple.

— Ah ! vous trouvez cela simple, ma charmante Rose ?

— Mais, dame ! simple comme le *oui* de la mairie, et la nuit, pour voir votre femme, vous ne vous exposerez plus à vous faire tuer comme un maraudeur.

— Rose, vous ne connaissez pas mes principes.

— Eh bien ! voyons vos principes.

— Je veux d'abord être aimé pour moi-même, et non pour le mariage. Que mademoiselle Louise daigne me donner un sourire d'approbation, lorsque ma parole tremble à son oreille, et le lendemain mon père arrive ici, en ambassadeur de noces. Mais jusqu'à présent je ne suis guère encouragé à faire une démarche. Un refus me donnerait la mort. J'aime mieux vivre dans l'incertitude et attendre. Je déteste les mariages de proposition. Je veux un mariage d'amour.

Rose soupira et garda le silence.

— Ne m'approuvez-vous pas, mademoiselle Rose? reprit Octave

Un *oui* d'hésitation répondit timidement à la demande du jeune homme.

— Mais, ajouta vivement la soubrette, les canots arrivent. Voilà tout notre monde qui débarque. Sauvez-vous.

— Et dans l'occasion, dit Octave d'un air suppliant, parlez un peu pour moi.

— Je n'ai pas attendu votre recommandation, répondit la soubrette sur un ton affectueux.

Octave descendit à la salle de billard et ne trouva personne ; mais comme il traversait le vestibule pour aller à la terrasse, il rencontra le jardinier qui lui remit une lettre à son adresse.

— C'est Auguste qui m'écrit ! se dit-il à lui-même ; voilà un original ! Pourquoi ne vient-il pas me parler ?

Il déchira l'enveloppe et lut :

« Mon cher Octave,

» Il y a dans cette lettre deux parties bien distinctes : — l'une confidentielle, celle-là est pour toi seul ; — l'autre insignifiante, celle-là tu la liras à M. Lebreton.

» Maintenant, tu descends des grandes dames aux soubrettes ; demain tu descendras des soubrettes aux maritornes ; ces folies brisent le cœur d'un ami et du seul être qui t'aime sincèrement.

» Si tu descends toujours ainsi l'échelle de tes absurdes passions, tu finiras par tomber dans un bourbier si profond, que ma main et mes conseils ne pourront plus te délivrer de ce cercueil infect.

» Voilà ton avenir. Souviens-toi de ton passé récent. Tu allais à la gloire avec ton prix de Rome; un sujet magnifique : *Pylade consolant Oreste*. On disait de toi : c'est un second Girodet. Aujourd'hui, tu barbouilles clandestinement de petites poupées indécentes, des enseignes de lupanar.

» Il m'est impossible d'être plus longtemps le témoin de ta décadence; moi qui ai rêvé pour toi le Capitole, quand j'étais à Rome avec toi; je prends la fuite pour ne pas voir ta chute dans l'égoût des Tarquins.

» La seconde partie, pour M. Lebreton.

» Il faut de toute nécessité que j'aille à Paris pour consulter la carte théodosienne. Il n'y a pas de meilleur guide en archéologie historique. Mon travail est interrompu par une recherche sur le cours de l'Aufide. Il n'y a pas de temps à perdre. Je dois livrer mon travail lundi prochain au secrétariat de l'Institut.

> » Ton ami dévoué,
>
> » AUGUSTE VERPILLIOT. »

Octave serra cette lettre, en se disant à lui-même :

— Est-il étrange cet ami ! il va se brouiller avec moi, parce que je l'ai quitté pour causer avec Rose ! Et à propos de cela, il monte sur un trépied, et va me parler d'Oreste et Pylade, du Capitole et des Tarquins !... Au fond, il y a de l'amitié... amitié ennuyeuse ; mais enfin, toutes les vertus ne sont pas amusantes... Je lui écrirai.

Et il alla au-devant de M. Lebreton pour lui communiquer le passage de la carte théodosienne.

— Vraiment ! s'écria M. Lebreton, toujours plus enthousiasmé. Ce jeune homme sera l'honneur du siècle ! Il est ici, au sein des plaisirs, avec de bons amis, et entouré de jolies femmes ; un honorable scrupule historique le saisit ; il prend le chemin de fer et court à la bibliothèque de la rue Richelieu ! Monsieur Octave, soyez fier d'un pareil ami... Et vous a-t-il dit s'il rentrerait bientôt à Chatou ?

— Probablement demain, dit Octave avec hésitation.

— Tant mieux ! car nous avons besoin de lui ici... il nous est nécessaire... indispensable même.

Ces derniers mots furent prononcés avec mystère. Octave, qui redoutait toujours de se voir congédier par M. Lebreton, crut devoir saisir cette

4

occasion de lui être utile, et il lui adressa cette demande :

— Voulez-vous que je lui écrive?

— Tout de suite, répondit M. Lebreton ; demandez une plume, du papier et de l'encre, et un domestique portera votre lettre à la poste. Je vais rejoindre Mme de Gérenty pour... vous saurez plus tard une chose qui vous fera un grand plaisir... ne perdez pas de temps, écrivez.

Octave écrivit le billet suivant :

« Mon cher ami,

» Ton amitié est orageuse comme l'amour, et elle n'en a pas les agréments. Tu te mets en délicatesse avec moi, à propos d'une femme qui porte le tablier des soubrettes. Sois tranquille, je resterai fidèle au velours noir et au satin blanc. Tu ne rougiras jamais de ma décadence. Ton départ ressemble à une fuite. Par bonheur, M. Lebreton croit aux mânes d'Annibal et à ton archéologie fabuleuse. Reprends le chemin de fer et viens me serrer les mains. Pardonne-moi tous les torts que tu as envers

» Ton ami

» OCTAVE. »

Cinq minutes après, ce billet courait en wagon, sur la route de Paris.

V

Le lendemain, Octave reçut la réponse suivante :

« Mon cher Octave,

» Nous n'avons rien à nous pardonner entre bons amis. Ta lettre m'a fait du bien. Dans les crises de l'affection, ce qu'il y a de plus affreux, c'est le silence. Une lettre est toujours une bonne chose, quand même elle serait irritante. Une querelle est le premier pas fait vers un raccommodement sérieux. Dès qu'on n'a plus même une injure à lancer à la personne aimée, on ne l'aime plus. Oui, ta lettre m'a fait du bien.

» J'ai trouvé Paris désert. Il n'y a qu'une foule.

Cela ressemble à la poussière soulevée par le vent.
Je ne savais à quel néant de plaisir donner ma soirée. Une porte de théâtre, je ne sais lequel, s'est
ouverte devant mon vagabondage; j'ai suivi un
sillon tortueux qui allait composer un public, et je
suis entré. On jouait la pièce qu'on joue toujours.
Un homme qui aime une femme; une femme qui
n'aime pas un homme. Un rival qui veut tout tuer.
Un farceur qui fait rire. Une mère qui fait pleurer.
Je me jouais une autre pièce à moi sur le théâtre de
mon imagination, et je n'ai pris aucun intérêt à
l'autre. Ma loge était commode pour le sommeil; je
me suis endormi, et j'ai rêvé des ombrages de
Chatou.

» Charge-toi d'une commission auprès de Mme de
Gérenty; dis-lui que mon sursis expire demain, et
que j'aurai l'honneur de lui rendre ma visite d'é-
chéance. Dis à M. Lebreton que j'ai trouvé ce que
je cherchais sur la carte théodosienne. Dis-lui
même tout ce que tu voudras. Je suis prêt à faire
l'impossible pour te maintenir en bonne relation
avec lui. Mais respecte ses bustes, et ménage
Boileau.

» Tu vois que je suis gai; ne me remets pas en
tristesse. J'ai acheté pour toi une belle gravure de
Marc-Antoine, un cadeau de réconciliation: elle re-

présente l'empereur Adrien débarquant en Égypte avec Antinoüs. C'est superbe ! Le tableau original est inconnu. Tu le feras. Renonce aux poupées, toi qui es de la taille des grands.

» Tu m'écris des billets, je t'écris des lettres. C'est te dire le plaisir que j'éprouve à causer avec toi longuement.

» Et avec une amitié qui ne finira pas.

» AUGUSTE. »

En l'absence d'Auguste, Octave n'aurait pas osé faire sa visite au père de Louise, mais ce jour là, il avait un excellent prétexte pour forcer la grille du parc de son paradis.

C'était vers le milieu du jour. Le soleil brûlait la cime des arbres ; la nuit régnait dans le parc. On n'entendait que le bruit de la gerbe d'eau qui jouait sur la conque de la nymphée, et, par intervalles, la gamme éclatante du rossignol. La brise de midi échauffait le jardin et semait partout le suave parfum des fleurs. Sur la lisière du parc, une jeune fille, assise, tenait un livre ouvert, et ne lisait pas. C'était pour elle que les arbres donnaient l'ombre, les fontaines l'harmonie, les oiseaux le concert, les fleurs

4.

le parfum, le soleil l'amour. Otez la femme du plus
beau des paysages, il se change en tombeau.

La flèche qui vole à midi perça le cœur d'Octave;
il avait vu Louise, et tout ce que la nature avait dé-
pensé en amour dans ce paysage, éclata dans l'âme
du jeune homme, et lui ravit la raison. Il ne regarda
qu'elle. L'univers n'avait qu'une habitante. Ses
pieds, en prenant le sentier du perron, marchaient
vers le parc, où les poussait une attraction invin-
cible; une voix manquait au concert de la nature,
elle allait se faire entendre, si une femme voulait
bien l'écouter.

Louise se leva lentement et sans affectation, déposa le livre sur la banquette, ouvrit son ombrelle,
et marcha vers la terrasse, avec une nonchalance
qui n'annonçait ni la frayeur d'une rencontre, ni
l'intention d'offenser. Octave la regarda longtemps;
et il y avait dans ses yeux humides la vive empreinte d'un souvenir qui lui rendait une image
ineffaçable, dérobée à la pudeur, dans une nuit
d'extase et de surprise. Octave avait alors sur ses
lèvres fiévreuses cette pensée d'un poëme ancien :
*O femme! laisse tomber ta tunique et tes voiles, et
demande des autels!*

Il avait ainsi oublié sa mission et la lettre d'un
ami : toujours marchant vers la banquette, il en-

trait dans l'air où la jeune fille avait mêlé son haleine, et il aspirait avec délices ces émanations subtiles qui gardaient quelque chose des lèvres de Louise, et il s'enivrait de cet air comme d'une rosée venue du ciel.

Il prit le livre et s'enfonça dans le parc, comme un voleur qui aurait dérobé un trésor. Ce livre venait d'être feuilleté par des mains divines. Il fallait couvrir de baisers toutes ses pages, pour ne pas manquer les pages heureuses, touchées par ses doigts ou favorisées de ses regards. Ce livre révélait par son titre le bon goût de la jeune fille. *Les Feuilles d'automne!* Il sortait de la bibliothèque particulière de Louise et portait le chiffre L. L. sur la couverture. Il fallait donc le rendre, et retarder autant que possible la restitution. La première page avait cette blancheur virginale qui semble provoquer une confidence poétique de la plume ou du crayon. Octave céda bientôt à l'envie d'écrire quelques vers sur la feuille muette. Il chercha longtemps un sujet, car il lui répugnait d'écrire une banalité amoureuse, ou une déclaration imprudente, ou une confidence personnelle.

A force de chercher, il adopta cette idée et ces vers :

ESCLAVE ET REINE.

Oui, si tu me disais, sous cette voûte sombre,
Où l'amour est si vif et le gazon si frais :
Des feuilles de ce parc je veux savoir le nombre.
D'un air humble, voici ce que je répondrais :
— Dieu seul peut se livrer à ce travail immense.
— C'est vrai, me dirais-tu, mais n'importe ! commence.
Je ne finirais pas, mais je commencerais.

Il y avait, dans ces vers, un sentiment délicat de
soumission et d'obéissance passive qui les fit adop-
ter, sans plus long examen, car ils paraissaient ré-
sumer la vie d'abnégation que la femme demande
au véritable amour.

Ensuite le peintre illustra les vers du poëte par
un dessin exquis. C'était un jeune homme qui venait de couper une branche de sycomore, dans un
bois, et qui en détachait les feuilles, une à une, en
les comptant avec une minutieuse attention.

Ce double travail avait duré plusieurs heures ; le
livre fut replacé sur la banquette, et Octave rentra
dans le parc pour s'entretenir de son amour avec
son cœur, ce confident de la solitude.

Son nom prononcé d'une voix forte le fit tressaillir ; il pirouetta brusquement sur ses talons, et
vit à trois pas M. Lebreton, qui paraissait essoufflé
dans sa marche.

— Où diable étiez-vous donc? criait-il, en agitant ses bras; je vous cherche depuis trois heures. Votre père m'a dit que vous aviez reçu une lettre de Paris, et que vous étiez sorti pour venir chez moi... notez qu'il y a trois heures; M. Desbaniers vous le dira. J'ai cru que vous aviez piqué une tête dans la rivière, et que... bon soir pour l'éternité. Je vous croyais au fond de l'eau... c'est une lettre d'Auguste, n'est-ce pas?

— Oui, monsieur.

— Eh bien! que vous est-il arrivé de fâcheux depuis trois heures?

— Je cherchais un modèle pour mon berger d'Arcadie... un tableau que je destine à l'exposition de 1859.

— Mais il n'y a pas de bergers d'Arcadie dans mon parc.

— Oh! M. Lebreton, les bergers de Chatou ressemblent à tous les bergers du monde... Là, sur le bord de l'eau, dans votre kiosque, au fond du parc, on voit passer sur la berge une procession continuelle de brebis et de chèvres, qui ravagent gratuitement les herbes communales...

— C'est vrai! j'en parlerai au maire... Notre ancien maire, M. Bremond, était l'épouvantail des bergers en maraude.

— Ces bergers, reprit Octave, ont partout le
même type, le galbe dit *ariétaire*, en phrénologie;
le galbe bélier, type contracté dans l'habitude de
vivre avec les troupeaux, type d'Abraham, d'Isaac
et de Jacob. Vous voyez que nous remontons loin,
ainsi...

— Soit-il, interrompit M. Lebreton avec impatience; mais la lettre, la lettre d'Auguste, de ce cher
Auguste, que dit-elle?

— Ah! c'est juste, M. Lebreton; voici le paragraphe qui vous concerne :

Lecture du paragraphe déjà connu.

Ensuite usant du droit supplémentaire qu'Auguste lui donnait dans sa lettre, il improvisa le paragraphe suivant :

« Il me tarde de revoir ce cher M. Lebreton et sa
charmante fille, Mlle Louise. Le souvenir des heures
charmantes que j'ai passées dans ce paradis de
Chatou me rend Paris ennuyeux. Il me reste une
recherche à faire, pour la seconde guerre punique,
et je vais où sont tous mes vœux. Heureux Octave! »

— Voilà ce qui vous concerne, monsieur Lebreton, dit Octave en serrant sa lettre dans son portefeuille.

M. Lebreton était ému aux larmes, et disait en bégayant :

— Quel jeune homme !... la carte théodosienne !... Pourquoi va-t-il s'ennuyer à Paris?... J'ai mon chasseur qui ne fait rien ici... il est très-intelligent... pas pour la chasse... mais pour le reste... il irait à Paris, chez les marchands de cartes théodosiennes et d'Annibal, et achèterait tout ce qu'il faut pour l'Institut... A quoi sert la fortune ? à ne pas se déranger quand on est bien. J'ai été surtout fort touché de ce passage : *Ce cher M. Lebreton et sa charmante fille...* Vous ne savez pas encore, monsieur Octave, tout ce qu'il y a au fond d'une phrase si simple?

— J'ai lu textuellement, dit Octave.

— Oui, mais... enfin... le moment n'est pas venu de parler.

— Monsieur Lebreton, dit Octave d'un ton mystérieux, êtes-vous homme à garder un secret?

M. Lebreton roidit fièrement son torse et regarda fixement son jeune interlocuteur.

— Bien ! poursuivit Octave, vous êtes un homme sûr... Il y a un autre paragraphe très-curieux dans la lettre de mon ami...

— Je le connais, interrompit M. Lebreton ; je le connais sans l'avoir lu... Ah ! il vous a donc fait sa grande confidence?

— Oui, monsieur Lebreton... Auguste n'a rien de caché pour moi.

— Il s'agit d'un délai... de deux jours... demandé...

— Oui, oui, c'est cela ! interrompit Octave... Eh bien ! mon ami sera, dit-il, exact à l'échéance...

— Chut ! dit M. Lebreton... ceci est un secret peu connu.

— Oui, monsieur, reprit Octave, très-peu connu... Quant à moi, j'ai été ravi de ce passage de sa lettre... Enfin, ai-je dit, il est amoureux ! Un jeune homme de vingt-huit ans qui a toujours craint de parler à une femme... Des mœurs irréprochables... trop irréprochables... La science a été son unique maîtresse... que de nuits il a passées avec l'histoire romaine ! Enfin, le voilà amoureux comme tout le monde ! il sort de l'exception.

— Cela me rappelle, dit M. Lebreton, deux vers de Boileau, écrits sous une statue de l'Amour : *Qui que vous soyez, voici ton maître ; il l'est, le fut ou le sera...* Je change peut-être quelque chose...

— Presque rien ; c'est le sens qu'il faut regarder. Oui, l'Amour est notre maître à tous.

— Et il est si timide, si timide, ce cher Auguste, qu'il a failli garder son secret... Heureusement, Mme de Gérenty lui a fait des avances...

— Ah ! dit Octave en reculant deux pas... Mme de Gérenty... a fait... Et comment le savez-vous, monsieur Lebreton ?

— Parbleu ! c'est elle qui m'a instruit de tout. Vous devez savoir, vous, que votre ami Auguste était au désespoir...

— D'amour ?

— Et de quoi donc ?... et il allait partir pour Constantinople... Ah ! vous ignoriez cela ?

— Oui, monsieur Lebreton.

— Alors, Mme de Gérenty l'a retenu et l'a consolé. Le voilà heureux maintenant.

— Pourvu que rien ne transpire au dehors, dit Octave... Si le colonel... le beau-frère de Mme de Gérenty venait à connaître...

— Eh bien ! est-ce que cela regarde le colonel ?

— Oui, en l'absence du mari... et le colonel de Gérenty est un farouche Africain qui ne plaisante pas sur l'article de l'honneur de famille...

— Ah çà, dit M. Lebreton en ouvrant de grands yeux stupides, où diable avez-vous la cervelle ?... est-ce que l'honneur de la famille Gérenty est compromis ?

— Comment ! dit Octave avec feu, si tout le village apprend cette intrigue...

— Quelle intrigue ? interrompit brusquement

5

M. Lebreton, il ne s'agit pas d'intrigue, mais de mariage.

— Mme de Gérenty est veuve! Ah! voilà ce que j'ignorais.

— Et qui vous dit que Mme de Gérenty est veuve?

— Alors, comment peut-elle épouser Auguste?

— Et qui vous a dit qu'elle épousait Auguste?

— Vous, monsieur Lebreton.

— Moi? Ah! ceci est trop fort.

— Puisque vous venez de me dire qu'il s'agissait d'un mariage, monsieur Lebreton.

— Oui, mais pas avec Mme de Gérenty.

— Et avec qui donc? demanda brusquement Octave.

— Avec ma fille.

— Votre... avec Mlle Louise... Auguste épouse...

— Épouse ma fille... oui, oui... Nous jouons aux propos interrompus depuis un quart d'heure... Eh bien! vous me regardez là comme une statue de jardin qui aurait des yeux noirs... Vous m'aviez dit qu'Auguste vous avait fait cette confidence, aujourd'hui, dans sa lettre... Voyons, il faut finir par nous entendre.

Octave fit un signe affirmatif; la voix lui man-

quait. Une pâleur mortelle perçait sous la couche
ardente que la chaleur de midi avait heureusement
mise sur ses joues. M. Lebreton n'aperçut donc
aucun trouble sur le visage de son interlocuteur.

— Causons froidement, poursuivit Lebreton; Auguste ne vous a parlé dans sa lettre que de Mme de
Gérenty et des deux jours de délai ?..

— Oui.

— Pour moi, cela est très-significatif, reprit
M. Lebreton ; mais je comprends maintenant notre
quiproquo de tout à l'heure. Vous ignoriez, vous, le
projet de mariage, et vous avez cru que votre ami
était amoureux de Mme de Gérenty...

— Oui, dit une seconde fois Octave avec une
voix de fantôme.

M. Lebreton poussa un éclat de rire foudroyant,
et, pinçant Octave par le bras, il lui dit :

— Votre ami est le plus discret des hommes. La
discrétion est aussi une vertu : j'aime les hommes
discrets ; ils réussissent toujours... Venez faire mon
quatrième au whist, le colonel de Gérenty nous
attend... ce terrible colonel... vous savez ?

M. Lebreton accompagna ces derniers mots d'un
second éclat de rire, qui contrastait avec l'attitude
glaciale et sérieuse d'Octave. On était arrivé devant
la maison, et plusieurs voisins, groupés sur la ter-

rasse, attendaient le maître pour discuter sur la manière la plus efficace de *tuer le temps*, dans les heures brûlantes où le soleil distille l'ennui sur les riches et les oisifs.

Le colonel de Gérenty s'avança et serra la main de M. Lebreton, en lui disant :

— Sommes-nous quatre ?

— Oui, colonel. Voilà notre jeune artiste qui fait notre partie, répondit M. Lebreton en distribuant les poignées de main à la société campagnarde.

Octave resta dans son silence, et il suivit machinalement les joueurs de whist au salon.

Le colonel était un homme de trente-sept ans, un vrai Africain, à visage sévère et basané, au front dégarni, à la moustache recourbée en pointes d'arc. Ses petits yeux gris lançaient du feu sous leur prunelle épaisse. Son torse svelte était serré par un habit bleu, boutonné jusqu'au menton. Tout dans ses mouvements respirait l'impétuosité militaire, tempérée par la distinction de race. Il parlait peu, mais sa phrase courte allait droit au but, comme la pointe d'une épée. Il faisait des armes en causant; il avait de l'esprit et de la gaieté, lorsqu'il n'était pas jaloux pour le compte de son frère; mais, comme il voyait dans tout homme un amoureux de sa belle-sœur, il était presque toujours sombre de visage, et menaçant de propos. Il voulait toujours épouvanter, avec son idée fixe de surveillant fraternel.

— Quel est notre quatrième ? demanda le colonel en décachetant un jeu de cartes.

— C'est mademoiselle Agnès Darrigues, dit M. Lebreton ; elle va venir.

— Joue-t-elle bien ?

— Comme un homme.

Mlle Agnès entra d'un pas leste, une cravache à la main ; elle descendait de cheval. C'était une ravissante amazone, à voix de contralto, qui n'était nullement déplacée à une table de whist.

On tira les places. Octave faisait ce qu'il voyait faire, et sans savoir ce qu'il faisait.

— Je suis avec vous, dit le colonel à Octave... Eh bien ! placez-vous donc vis-à-vis.

— Agnès, je suis avec toi, dit M. Lebreton, et ne sois pas distraite... c'est à toi à faire... Quelles cartes prends-tu, les roses ou les blanches ?

— Je prends toujours les roses, répondit Agnès.

— Avez-vous été bien loin, avec Mme de Gérenty, dans votre promenade à cheval ?

—Jusqu'à Saint-Germain. Zerbina s'est emportée. Je vous conseille de vendre cette bête ; elle a peur de tout... Il retourne trèfle ; je n'aime pas cette couleur.

Le silence régna jusqu'à la treizième levée...

— *Le trick* et *les honneurs*, dit M. Lebreton. Agnès, tu as joué comme un ange.

— Je ne fais pas le même compliment à monsieur.

— A moi? dit Octave ; ça m'est bien égal.

— Avec notre jeu, nous devions gagner le trick, et nous le perdons.

— Voilà un grand malheur ! remarqua Octave.

— Pourquoi, monsieur, attaquez-vous par votre singleton ?

— Tiens ! c'est vrai.

— Et vous aviez une superbe couleur longue par as et roi.

— Oui, une superbe couleur longue.

— Et mademoiselle a filé tous ses petits carreaux, et a coupé votre as.

— C'est désolant ! dit Octave.

Le colonel crut remarquer un ton goguenard dans toutes ces réponses d'Octave, et haussa les épaules, avec l'air dédaigneux d'un lion lutiné par un épagneul.

On continua le jeu. M. Lebréton, ramassant la dernière levée, s'écria triomphalement :

— Quatre tricks... première manche triple !...
trois fiches.

— Vraiment, monsieur ! dit le colonel en croisant
les bras, vous faites des fautes d'écolier. Vous avez
roi et dame de pique, et vous attaquez par la dame !
Ensuite, vous me faites une *invite* par le *dix*, dans
une couleur où vous avez la tierce majeure ! Enfin,
vous n'avez que le *dix* d'atout, et vous ne surcoupez
pas le *neuf* de mademoiselle ! Que voulez-vous faire
de votre *dix* ?... Ce n'est pas perdre la partie, c'est
la donner.

Cette fois, Octave ne répondit rien ; il prit déli-
catement la cravache qu'Agnès avait mise sur un
fauteuil voisin, et l'examina avec beaucoup d'attention, pendant qu'on tamisait les cinquante-deux
cartes.

La seconde manche fut enlevée par M. Lebreton
et Mlle Agnès, encore plus rapidement, et à égalité
d'honneurs.

— Pourquoi n'êtes-vous pas revenu à mon *invite?*
demanda le colonel en amortissant sur la table un
coup de poing qui partait pour être violent.

— Pardon, je n'ai pas pris garde, dit Octave, en
jouant avec les fiches.

— Un *invite* du *deux !* c'est superbe ! si, au moins,
vous eussiez fait *atout* de votre *as* et de votre *roi*

que vous avez seuls, vous auriez fait tomber les deux petits atouts de mademoiselle, qui les a employés à couper!... c'est désolant de voir jouer ainsi.

Octave se leva, en fredonnant, et dit : — Il faut payer, que dois-je?

— Mais vous ne prenez pas votre revanche ? dit M. Lebreton.

— Oh! non! dit Octave, le colonel joue trop bien pour moi... Je vais vous chercher un quatrième, à la salle de billard... mon père doit être arrivé ; il joue beaucoup mieux que son fils... Voyons... je perds... deux triples... dix... à cinquante centimes... cinq francs... voilà... c'est désolant!

Le ton ironique de ces deux derniers mots n'échappa point au colonel.

Octave se contenait depuis trop longtemps; il éprouvait le besoin de respirer et d'éclater en malédictions furibondes contre Auguste. Un reste d'égard pour les convenances lui avait fermé la bouche devant M. Lebreton, et fait accepter une tournée de whist. Ces derniers devoirs de politesse remplis, il s'enferma seul dans son atelier, et dans un long monologue qui le soulagea un peu, il jura de se venger de ce perfide Auguste qui prenait le masque de l'indifférence pour enlever une femme, aimée de son meilleur ami. Ses derniers mots furent « je l'attends! » Octave les prononça en étendant son poing fermé, dans la direction de la routte de Paris.

VI

Le colonel avait remarqué qu'en sortant du salon
après le whist, Octave s'était penché à l'oreille de
Mme de Gérenty, sa belle-sœur, pour lui dire quelques paroles confidentielles, qu'un sourire gracieux
avait accueillies. Un mouvement de narines, combiné avec une brusque ondulation de la moustache,
annonçait que le colonel venait de découvrir quelque chose de grave dans une confidence si courte.
Il faut croire aussi que M. de Gérenty le diplomate,
très-jaloux de sa femme, avait prié son frère le colonel d'avoir l'œil ouvert sur sa conduite, et de
veiller à l'honneur de la famille, dans ce redouta-

ble Paris, où les romans, les drames, les opéras, les comédies, les vaudevilles, donnent aux femmes des leçons publiques d'infidélité. La chose était pourtant fort innocente. Mais les apparences sont toujours favorables aux mauvais soupçons. Octave, tout indigné qu'il était de la perfidie d'Auguste, avait néanmoins voulu s'acquitter de sa commission auprès de Mme de Gérenty ; il lui avait dit, en sortant, et tout bas :

— Monsieur Auguste Verpilliot sera exact à l'échéance, après le délai de deux jours.

La nuit obscurcissait la station de Chatou, lorsque Auguste Verpilliot descendit de wagon pour faire sa visite d'échéance à Mme de Gérenty. N'ayant jamais songé à compromettre une femme, il ne voyait rien de répréhensible dans cette visite nocturne ; elle prouvait l'empressement du visiteur, voilà tout.

Un domestique reçut assez mal Auguste sur le perron ; mais le jeune homme ne remarquait jamais en face les petites gens: il était trop haut placé dans sa propre estime.

— Madame de Gérenty, dit-il d'un ton sec, m'attend aujourd'hui. J'arrive de Paris au rendez-vous qu'elle m'a donné. Il s'agit d'une affaire grave ; voici ma carte, portez-la tout de suite chez M. Lebreton, son voisin, où madame de Gérenty passe la soirée; il faut que je lui parle ici, en particulier.

Et comme le domestique hésitait, une voix aiguë dit: *Allez*, et ce mot fut accompagné d'un geste impérieux. Le domestique murmura en sourdine, et obéit.

Mme de Gérenty ne se fit pas attendre. On faisait de la musique dans la galerie de M. Lebreton, et elle s'était éloignée un instant pour prendre le frais sur la terrasse. Le colonel veillait, fidèle à la consigne fraternelle.

Il vit sa belle-sœur recevant un billet de la main de son domestique, et s'enfuir en toute hâte, sans dire un mot d'adieu. Octave était absent; il attendait toujours Auguste dans son atelier. L'absence de ce jeune homme fut interprétée dans un sens favorable aux premiers soupçons. Il devint évident pour le colonel que sa coupable belle-sœur avait un rendez-vous nocturne avec Octave. Le hasard est très-ingénieux quand il veut s'amuser à nos dépens.

— Anna! Anna! dit le colonel, en versant une larme pour son frère; Anna! et toi aussi! toi la vertu même! Mon Dieu! mon Dieu! à qui se fier?

— Votre exactitude me plaît, dit Mme de Gérenty, en introduisant Auguste Verpilliot dans son salon ; j'ai d'excellentes nouvelles à vous annoncer... mais soyez tranquille, j'ai conduit l'affaire avec assez d'adresse; je suis femme de diplomate. Si j'eusse échoué, ce qui me paraissait impossible, votre amour-propre n'en aurait rien souffert. J'ai sondé le terrain, et l'ayant trouvé favorable, je n'ai pas craint d'aller au secours de votre désespoir, et je vous ai enlevé à Constantinople et aux Turcs.

Auguste écoutait des paroles, et cherchait le sens au plafond.

— A Constantinople et aux Turcs, dit-il d'un air distrait, eh bien! madame, ensuite?...

— Vous ne comprenez pas ?

— Oui... madame... je comprends... mais j'arrive de Paris... j'ai encore le fracas du chemin de fer dans la tête... j'aurais peut-être besoin d'une petite explication.

— Tout est fini... Eh bien! est-ce clair?

— Oui, c'est clair, dit Auguste, du ton d'un homme qui trouve que c'est obscur.

— On craint toujours d'être entendu par les domestiques, reprit Mᵐᵉ de Gérenty, à voix basse ; on entend tout à la campagne, à cause du silence extérieur... Voici donc ce qui a été décidé. Vous

choisirez votre jour... demain ou après-demain...
Monsieur votre père est-il à Paris avec madame
votre mère?

— Oui, madame ; mon père est à Paris, il est
veuf.

— Il serait convenable de laisser faire la première
démarche par votre père. C'est plus conforme aux
usages reçus. Qu'en pensez-vous?

—Ah ! il faut que mon père fasse une démarche...

— A moins que vous ne la fassiez vous-même.
Votre père donnerait ensuite son consentement.

— A quoi? demanda Auguste ébahi.

--- Mais au mariage.

— Au mariage de mon père ?

Mme de Gérenty bondit sur son fauteuil, et regarda
fixement Auguste.

Le jeune homme fit un mouvement d'impatience,
et balbutia ceci :

— Mais... madame... vous me dites que c'est
clair... et puis... vous me parlez de mon père...
D'abord, je suis brouillé avec mon père... pour
affaires d'intérêt... La fortune de ma mère m'appartient... Ainsi, mon père, en se remariant, ne
peut me porter aucun dommage... Est-ce là ce que
vous voulez me dire, madame ?

— Mais, monsieur Verpilliot ; il n'est question que de votre mariage... du vôtre... entendez-vous ?

— De mon mariage ? dit Auguste, en essayant de prononcer ce mot.

— Oui, de votre mariage avec Mlle Louise...

— Avec made... ! interrompit Auguste tout convulsif d'effroi.

— Enfin, vous aimez, vous adorez Mlle Louise ; la crainte de ne pas être aimé vous poussait au désespoir, et...

— Pardon, madame, si je vous interromps... Vous avez supposé une chose qui n'existe pas... je n'aime pas Mlle Louise.

— Ah ! mon Dieu !... et quelle sottise m'avez-vous donc fait commettre !... Souvenez-vous bien, monsieur... c'était le jour du déjeuner... chez M. Lebreton... une matinée charmante !... il y avait dans l'air tout ce qui parle au cœur... Mlle Louise entra dans la salle... je n'ai jamais rien vu de plus beau. Il y eut un murmure général d'admiration. M. de Lormoy, un vieillard septuagénaire qui a des flocons de neige pour cheveux, regarda Louise, et deux larmes coulèrent sur ses joues flétries ; il ne regarda plus qu'elle. Les femmes étaient en extase. Un seul homme, notre convive, n'a jamais tourné ses yeux du côté de cette merveille ; il est jeune, riche, ai-

mable... il porte votre nom ; il m'écoute en ce
moment, avec une impatience distraite. Peu après,
ce jeune homme se dépeignit à moi comme le plus
malheureux des êtres de la création. Il voulait aller
vivre aux pays où on ne vit pas. Je crus deviner le
motif de ce désespoir, et je le mis sur le compte
d'un amour rebuté ou d'une timidité absurde. La
démarche que je fis alors me fut dictée par mon
cœur, avant la réflexion... Je donnai la joie à un père,
qui vous aimait déjà comme un fils, et il faut maintenant que cette joie qui a peut-être passé dans
l'âme d'une jeune fille, se change en deuil domestique... Avez-vous quelque chose de consolant à me
répondre, monsieur ?

Octave baissa la tête et traça des lignes sur le parquet avec la pointe de son *stick*.

— Mais enfin, monsieur, poursuivit Mme de Gérenty, vous n'avez au cœur aucun amour parisien,
aucune intrigue de ville, puisque vous venez vivre
à la campagne ; vous êtes indépendant, vous êtes
riche, vous êtes à l'âge heureux des douces passions. J'admets que jusqu'à présent vous n'ayez pas
songé à épouser Mlle Louise ; mais qui vous empêche
d'accepter un mariage de proposition, qui, la veille
des noces, deviendrait un mariage d'amour ; une dot
de cinq cent mille francs n'est pas aussi à dédaigner,

au siècle où nous vivons... Voulez-vous réfléchir jusqu'à demain?

— Non, madame, dit Auguste en se levant; toutes mes réflexions sont faites. Je regrette ce malentendu; mais il m'est impossible de vous donner satisfaction sur ce point.

— Il y a au fond de tout ceci un secret que vous ne pouvez dire.

— Oui, madame, dit Auguste d'une voix éteinte.

Mme de Gérenty fut tout à coup dominée par une pensée bien naturelle chez une belle femme, toujours entourée d'hommages : — Il m'aime ! se dit-elle mentalement; voilà le secret.

Après un moment de silence, elle prit un ton grave et dit :

— Monsieur, je crois vous comprendre.

Auguste tressaillit et bégaya quelques mots qui ne composaient pas une phrase intelligible.

— Ainsi, poursuivit Mme de Gérenty ; brisons là cet entretien, qui pourrait devenir embarrassant pour moi s'il se prolongeait.

A ces derniers mots, elle fit un léger signe, comme pour donner congé.

Auguste salua respectueusement.

— Un dernier mot, ajoua Mme de Gérenty ; vous

êtes un homme d'honneur sans doute, monsieur :
vous allez me promettre le secret sur tout ce qui
vient d'être dit.

— Je le promets, dit Auguste d'une voix assez
ferme, et il sortit du salon.

VII

Auguste descendit lentement l'escalier du perron,
et entra dans la sombre allée de tilleuls qui conduit
à la grille. La nuit était noire comme dans un sou-
terrain, surtout pour celui qui sortait d'un salon
éclairé. Un homme, qui attendait là depuis longtemps, vit s'avancer une forme noire. C'est lui,
pensa-t-il, et une main vigoureuse saisit le bras
d'Auguste, pendant que l'autre main frappait deux
fois avec un gant son visage ; puis ces mots furent
prononcés à voix basse : Voici ma carte. On est à
votre disposition. *C'est désolant!*

La foudre a des effets bizarres quelquefois ; elle
supprime la parole, donne au corps l'immobilité de
la statue et ne le renverse pas. Auguste ressemblait

à un homme ainsi touché par le losange électrique
du ciel.

Le colonel croyait en conscience avoir accompli
un double devoir : il avait puni l'insolence d'Octave
et vengé l'honneur de son frère. Un pauvre innocent était la victime d'un attentat nocturne, commis
par un sentiment honorable. Après son acte de justice injuste, le colonel voulut donner à sa colère le
temps de s'éteindre, et il suivit une allée du parc,
pour réfléchir au milieu des ténèbres. Dieu sait
quelle scène de vengeance fraternelle eût épouvanté
cette maison, si le vengeur eût fait tout de suite irruption dans les appartements de Mme de Gérenty !
Il renvoyait l'explication au lendemain pour suivre
le conseil de la nuit. Au reste, il y avait eu voie de fait,
et il fallait aussi attendre ce qui adviendrait du côté
du jeune homme insulté si gravement. Le secret est
de rigueur dans ces sortes d'affaires, surtout quand
l'honneur d'une famille est en jeu.

Enfin, Auguste se réveilla en sursaut après son
rêve de statue, et sa première pensée de vivant le conduisit chez Octave, où il allait trouver
sans doute les consolations de l'amitié.

Il vit briller la lumière du travail aux vitres de l'atelier et il tressaillit de joie. L'accident de l'allée des tilleuls
fut oublié. Cette insouciance après une insulte si

grave s'explique par la nature exceptionnelle du tempérament d'Auguste. Un jeune homme que la fatalité ou la dépravation a placé en dehors des conditions normales de la société humaine, ne s'inquiète pas de ce qui ferait la noble irritation d'un autre. Un soufflet passe comme une caresse sur certaines joues heureusement fort rares. Il y a dans ces malheureuses natures une pusillanimité passive qui n'est pas même la lâcheté. Plaignons et passons.

Octave était mollement étendu sur le divan de son atelier, lorsque Auguste, annoncé par trois légers coups donnés sur la porte, entra et courut à son ami les mains tendues.

Un geste énergique repoussa ces mains, et on entendit un rugissement sourd qui semblait sortir de la peau de tigre étendue au bas du divan.

— Mais, s'écria Auguste en tordant ses mains dans ses cheveux, quel infernal génie me poursuit depuis ma naissance ! qu'est-il encore arrivé de fatal pour moi ! mon seul ami repousse mes mains que je lui tends !

— Ton ami ! tu oses m'appeler ton ami ! dit Octave en lançant un coup d'œil de menace ; tu oses reparaître devant moi ! Va-t'en !... va-t'en !... ou je ne réponds pas de moi.

Auguste laissa tomber ses bras, inclina sa tête et

prit la pose du coupable qui s'attend à une horrible accusation.

— Ton silence et ton attitude te condamnent... Sors... sors, te dis-je!.. je te retrouverai sur un terrain neutre... mais ne m'oblige pas à oublier que tu es chez moi... et il a l'audace d'accuser l'infernal génie qui le poursuit !... et moi, de quoi me plaindrai-je alors! Ta plainte m'insulte... Ils appellent cela de la diplomatie, du savoir-vivre, de la conduite ! C'est tout simplement une infâme trahison... Mais c'est stupide! c'est bête comme l'enfance de l'art! Un jour vient où il n'y a plus de secrets, où la vérité se manifeste, et alors ces petits diplomates de famille sont des traîtres et des bandits!... Mais voyons... voyons... misérable! justifie-toi... parle... l'hypocrisie n'est plus de saison, en ce moment. Tu vois que je sais tout.

Auguste se laissa tomber sur un fauteuil et pleura.

— Il me répond avec des larmes... comme une femme!... Mais, moi, je ne m'amuse pas à pleurer... Vois ces deux armes... là... ces deux pistolets pendus à ma panoplie... ils sont chargés jusqu'à la gueule... Eh bien! le jour de ton mariage, je ne pleurerai pas... je prendrai ces deux amis pour aller signer au contrat.

Auguste leva la tête, et regarda Octave avec des yeux qui avaient inventé une expression.

— Oui, oui, poursuivit Octave ; je te promets une fête agréable... Si j'étais fils unique, je pourrais me résigner à vivre pour soigner la vieillesse de mon père... mais je suis le cadet de huit enfants ; mon père n'a pas besoin de moi... et moi, je n'ai plus besoin de la vie... Oui, on verra une charmante fête ce jour-là.

Quel jour, demanda Auguste, d'une voix d'ombre ?

— Le jour de ton mariage avec Louise, puisqu'il faut être clair.

— De mon mariage avec Louise ! dit Auguste, en se levant ; mais aujourd'hui ils ont tous perdu la tête à Chatou !... un coup de soleil leur a brouillé la cervelle !... Je me marie avec Louise !... Octave, mon ami, tu n'as que ce grief contre moi ?

— Mais il est suffisant, ce me semble.

— Mais il n'existe pas !... il n'a jamais existé !... J'irai même plus loin ; il ne peut pas exister !... C'est un commérage de campagne ; une invention de vieille femme désœuvrée. Si cette absurde plaisanterie fait ton malheur, tu es le plus heureux des hommes.

— Mais c'est le père de Louise, dit Octave ; c'est

M. Lebreton qui m'a tout révélé... à moi... parlant à ma personne.

— M. Lebreton est un visionnaire... Veux-tu que je le lui dise en face?... Suis-moi.

— Mais alors, tout à l'heure, Auguste, pourquoi gardais-tu le silence de la consternation lorsque je t'accusais, sans prononcer le nom de Louise?... Tu avais donc un autre crime sur la conscience?

— Je ne me souviens pas, dit Auguste, avec un embarras visible; moi... j'ai gardé le silence de la... Non... je t'écoutais... je n'osais t'interrompre... je ne comprenais rien à ta colère... tu étais si furieux... Enfin, voilà l'essentiel pour toi... je déteste Mlle Louise et toutes celles qui lui ressemblent, et je jure sur ma tête et sur les cendres de ma mère de ne jamais me marier... Es-tu content?

— Mon cher Auguste, dit Octave, ému aux larmes; tu m'as rendu à la vie... Oh! si tu savais comme j'aime cette jeune fille!...

— Tu m'as dit cela cent fois, interrompit Auguste sur un ton aigre et rempli d'impatience. Si je t'ai rendu à la vie, ne me tue pas.

Octave regarda fixement son ami, et sembla lui demander une explication de ces derniers mots si étranges.

— Oui, oui, je sais bien ce que je dis... Pourquoi ouvres-tu de grands yeux, poursuivit Auguste : un amour comme le tien diminue l'amitié... moi, l'amitié me suffit... C'est si beau l'amitié!... Un homme qui prend femme chasse l'ami le lendemain du mariage... Voilà ce que je crains.

— Ah! mon cher Auguste, dit Octave avec effusion, cette crainte est absurde. L'amitié complète l'amour.

— Enfin, tu réfléchiras, reprit Auguste; ton mariage n'est pas fait; j'ai encore de l'espoir... c'est que, vois-tu, je suis l'ennemi né du mariage. C'est un état contre nature : aussi les animaux, dont l'instinct est infaillible, ne se marient pas. Tu aimes une femme aujourd'hui; mais cette femme sera une autre femme demain et, dans quelques jours, une nouvelle encore. Aujourd'hui, elle ne te montre que ses qualités; demain elle commencera, mon ami, à te dérouler la série de ses défauts. Si on pouvait te faire voir en 1860 la femme que tu aimes en 1858, tu changerais ton *oui* nuptial en *non*. Le célibat ne connaît pas les regrets; c'est le mariage qui les inventa. Tu es libre comme l'air; ton pied n'a point de chaîne; tu es le maître de toi; ta volonté n'a pas de contradiction; tes projets ne subissent aucun contrôle; tu es comme l'aigle qui vole à sa fantaisie et

6

choisit la plaine, la montagne, l'arbre, le vallon, le
nuage pour ses changements de domicile; et tu veux
te faire oiseau de basse-cour et barbotter entre
quatre murs ! toi, l'artiste de la liberté !...

— Moi! l'artiste de l'idéal, dit Octave, avec enthousiasme; mon ami, tu ne me connais pas. Si j'a-
vais la certitude de mener la plus ennuyeuse des
existences en épousant Louise, je n'hésiterais pas à
subir le sort le plus affreux que puisse subir un mari.
Je cherche l'idéal, c'est-à-dire le beau, et si, en cou-
rant à sa découverte, je puis l'embrasser un instant,
cet instant sera le siècle de ma vie, et j'aurai même
plus vécu que Mathusalem. Écoute, mon cher Auguste, je suis de l'école du grand artiste Antonio
Van Dyck. Cet illustre maître aimait une belle com-
tesse génoise, et il l'aimait comme nous aimons,
nous. Cette femme fut mariée au comte Brignole.
Le soir des noces Van Dyck, agonisant, vit passer devant lui, dans la galerie du palais Durazzo, la jeune
épouse et son mari, et montrant du doigt l'heureux
comte, à son ami Pallavicini, il lui dit ces mots sublimes : « *Ma vie, pour un quart d'heure de cet
homme!...* » Tu vois bien, mon petit Auguste, que
toutes ces histoires de chaîne, de liberté, d'aigle qui
change de domicile, d'oiseau de basse-cour, ne signifient rien avec des hommes de notre trempe. Oui,

un quart d'heure, et après, la prison, le néant, la misère, la mort.

— C'est de l'hébreu ! dit Auguste.

— C'est de l'amour ! reprit Octave.

— Enfin, n'en parlons plus, dit Auguste après une pause; le temps défait bien des choses... Il est tard... la grille de M. Lebreton ne sera pas fermée, j'espère. Nous parlerons d'autre chose demain... Tu ne veux pas me donner l'hospitalité cette nuit.

— Mais écoute donc, dit Octave, en ouvrant la fenêtre, il y a grande soirée chez M. Lebreton. On fera de la musique jusqu'à deux heures du matin. On a fait venir des artistes de Paris. Gueymard chante des airs de *Guillaume Tell;* sa femme chante le grand air de *Robin des Bois*, et le duo de la *Favorite* avec Roger. On n'a pas même commencé le concert. M. Lebreton dépense dix milles francs de musique, cette nuit... Ah ! bon, il n'aime pas la musique, celui-ci ! Mais qu'aimes-tu donc, mon pauvre Auguste ?... Cette question te fait sourire... Voyons, je parie que tu ne connais par le duo de la *Favorite ?*

— Non.

— Ah ! C'est trop fort ! Eh bien ! tu vas faire sa connaissance... Laisse-moi mettre mon habit de gala... Ce que tu aimes, toi, par exemple, c'est la toilette... vraiment tu m'humilies toujours avec ce luxe de linge, de manchettes, de boutons de diamants.... tu es toujours pavoisé comme la trirème de Cléopâtre... tu te ruineras chez un chemisier... ce n'est pas une tenue de campagne. Tu fais une toilette de cour, et tu viens à Chatou ! Mais pour qui donc fais-tu ces dépenses effrénées de dandy ?

— Pour moi, dit Auguste, avec mélancolie ; pour me plaire. Voilà.

— Ah ! pour te plaire ! Oui, je te crois un peu Narcisse... Je suis prêt, viens, partons.

Les deux amis s'acheminèrent vers la maison voisine. A peine arrivé sur la terrasse, Octave disparut comme l'éclair, pour trouver dans les salons une place avantageuse. Auguste qui n'attachait aucun intérêt à cette soirée, s'arrêta, et prit l'attitude d'un homme qui cherche à droite et à gauche un compagnon perdu.

— Me voici, monsieur, dit le colonel de Gérenty, qui s'attendait à une rencontre obligée, vous êtes l'ami intime de M. Octave ?

— Oui, monsieur, répondit Auguste.

— Et vous arrivez, à présent ?

— Oui, nous arrivons.

— Eh bien ! monsieur, je vous attendais depuis

longtemps, et je ne me fais pas chercher, comme vous voyez. Ne disons que le nécessaire, et bien bas. Monsieur Octave me trouvera demain, devant la faisanderie , à cinq heures. Quant aux conditions, j'approuve ce que vous aurez réglé. J'ai bien l'honneur de vous saluer, monsieur.

Et le colonel entra dans les salons.

— Bon! se dit Auguste stupéfait, en voilà encore un! Il ont tous perdus la tête aujourd'hui. Ce monsieur dit qu'il m'attendait; le diable m'emporte s je le cherchais, moi! Allons conter cette nouvelle énigme à Octave.

Parler à Octave, en ce moment, n'était pas chose facile. Notre bouillant amoureux s'était incrusté dans l'embrasure d'une fenêtre, entre deux rideaux, et, de ce poste très-bien choisi, il savourait les délices de la contemplation. Louise était assise à trois pas de lui. C'était la première fois que le jeune artiste allait éprouver la plus douce des sensations, celle qui emporte l'amour dans une région infinie ; il allait écouter de la grande musique, en regardant la femme aimée. Ce bonheur doit avoir été inventé au paradis.

Une jeune et belle cantatrice de la société parisienne, talent d'amateur, âme d'artiste, Mme de G*** vint se placer à l'angle du piano, et aux premières

mesures de l'accompagnement un frisson de plaisir
courut dans les salons. Ces trois mots, *ô mon Fer-*
nand, coururent sur toutes les lèvres de femmes.
Louise laissa tomber un regard que l'or du Pérou
n'aurait pas payé, et qui ne rencontra pas le regard
attendu. Auguste cherchait toujours Octave, et se
souciait fort peu d'être regardé. Octave contemplait
toujours Louise, et en suivant la direction des yeux
de la jeune fille, il rencontra au bout la figure inquiète de son ami. Un triangle visuel, formé par des
regards qui ne pouvaient se rencontrer.

La cantatrice entonna *ô mon Fernand* avec une
de ces voix pénétrantes qui troublent le cœur jusqu'à
la source des larmes : elle fit retentir, en notes dé-
solées, cette sublime lamentation de l'amour, cet
hymne de mélancolie passionnée, où le génie de la
musique a résumé, dans une aspiration ineffable, les
cris de douleur qui sortent de l'âme, quand les
tendresses trompées ont perdu leurs illusions d'un
moment. Ces notes coulaient comme des larmes mé-
lodieuses, au milieu des plaintes intermittentes du
piano, et en exprimant toutes les angoisses du cœur,
elles faisaient mieux comprendre, par leur sombre
contraste, les divines allégresses de l'amour heureux.
La musique a des secrets inexplicables, des arcanes
étrangers à la science froide de l'analyse. C'est la

langue de l'âme ; son maître, c'est l'amour. Le jeune
Octave donnait son oreille à la cantatrice et son regard à Louise ; la mélodie aérienne flottait, comme
un parfum d'essence d'iris, autour de l'adorable jeune
fille, en prêtant à sa beauté un charme idéal qui l'en-
levait à ce bas monde et la faisait rayonner dans
un domaine divin, où le prosaïsme terrestre est inconnu. Octave avait perdu le sentiment de sa propre
existence ; il ne s'écoutait plus vivre ; son âme, dé-
gagée de l'enveloppe matérielle, errait, avec la sub-
tilité du souffle, sur les lèvres, les cheveux, le sein
de la jeune fille : la musique opérant ce prodige de
migration. Il éprouvait, avant le sommeil, les extases
de ses rêves ; mais, cette fois ce n'était point un
mensonge des nuits, un fantôme de vapeur embrassé
au vol ; l'attraction magnétique était si vive que la
distance même disparaissait, que le salon perdait sa
foule, que la déesse quittait ses voiles, et qu'un jeune
homme ivre d'amour, emporté par une imagination
de feu, restait seul comme le mari d'un jour, dans
une alcôve nuptiale, et savourait les ravissements
des élus, au son des mélodies du ciel. Par bonheur,
tous les yeux se fixaient sur les grands artistes du
concert. Si un seul regard observateur se fût égaré
du côté d'Octave, il aurait interrompu le chant par
un cri de surprise impossible à contenir, car tout ce

qu'exprimaient les yeux, les lignes du visage, le sourire extatique du jeune homme en faisaient un être surnaturel et effrayant de béatitude, au milieu de tant de têtes impassibles, de faces bourgeoises et de campagnards blasés.

Hâtons-nous de dire, à l'éloge du jeune Octave, que cet élan furieux qui emportait ses désirs de flamme vers les voluptés des sens et les savoureux attraits de la forme, n'excluait pas en lui les exquises délicatesses du cœur et les chastes intermèdes de l'esprit. Il y avait aussi pour lui un autre rêve, le rêve des douceurs de l'ombre, après l'incendie du soleil : unir son bras au bras de la jeune fille ; s'incliner sous l'aile de son chapeau de jardin ; écouter la mélodie de sa voix ; tressaillir à ses confidences naïves ; assister aux révélations de son esprit, et murmurer à son oreille ces paroles de tendresse calme et d'amour pieux qui plaisent tant au cœur des femmes et les obligent à croire aux longues affections. Oh ! quel trésor intime il avait encore en réserve pour ces promenades solitaires, où deux corps s'avancent sur le gazon avec les mêmes pieds, respirent avec le même souffle, vivent avec la même pensée, dans le jour, à l'ombre des arbres, dans la nuit, aux rayons des étoiles de Dieu !

Les applaudissements frénétiques justement donnés au duo de *la Favorite* et aux deux admirables artistes rendirent Octave au monde réel. Seul il n'applaudissait pas, et personne plus que lui n'avait savouré les mélodies de ce concert.

Dans la confusion produite par la fin du concert, M. Lebreton se déroba aux compliments pour se précipiter vers Auguste, qu'il pouvait enfin aborder.

— Mon cher enfant, lui dit-il, je vous ai fait vingt fois des signes et jamais vous n'avez regardé de mon côté. Il y avait une excellente place devant moi.

— Il y avait tant de monde! dit Auguste avec embarras; je voyais tout et ne voyais personne... Un superbe concert! monsieur Lebreton.

— C'est pour ma fille que j'ai donné cette petite fête. Louise adore la musique... et ensuite, je ne suis pas fâché de commencer la semaine des fiançailles par un concert.

Ces paroles furent accompagnées d'un léger écla de rire très-significatif.

— Un superbe concert! superbe! dit Auguste pour ne pas rester muet.

— Et avons-nous avancé les affaires à Paris? demanda M. Lebreton en se frottant les mains.

— Oui... oui, monsieur Lebreton... nous causerons de cela demain... je n'ai pas la tête à moi... le chemin de fer m'a beaucoup fatigué... il y a du tan-

gage et du roulis dans vos wagons de Saint-Germain...
On a le mal de mer...Puis le concert... un concert...
un concert magnifique; mais la musique me pas-
sionne... et m'agite les nerfs... Ah! j'ai deux mots
à dire à Octave qui s'esquive; sans adieu, selon mon
habitude... Vous permettez, monsieur Lebreton...

— Un mot seulement, dit M. Lebreton en arrêtant
Auguste par le bras : avez-vous vu Mme de Gérenty ?

— Madame de... Non...

— Elle a disparu tout à coup et n'est pas rentrée
chez moi...

— A demain, monsieur Lebreton; je crains qu'Auguste ne se dérobe... j'ai une commission de... Paris
pour lui.

Octave venait de perdre les traces de Louise, et
il la cherchait à travers l'obscurité de la terrasse. Le
bras d'Auguste tomba sur le sien et l'enlaça.

— Écoute, dit Auguste, et descends une minute
sur la terre; j'ai quelque chose d'étrange à te raconter.

— Si cela ne regarde pas Louise, va raconter la
chose étrange au diable et laisse-moi tranquille.

— Mais, mon ami, dit Auguste d'un ton suppliant,
si je suis menacé, moi, d'un malheur, j'espère bien
que tu me donneras un instant d'audience.

— Instant accordé, parle.

— Avant le concert, un inconnu m'a arrêté ici, et, d'une voix peu amicale, il m'a dit qu'il nous attendait demain, à cinq heures du matin, devant la faisanderie, et qu'il acceptait nos conditions...

— Ah! voyons, mon petit Auguste, quel conte de minuit me fais-tu là? quel est cet inconnu?

— Mon cher Octave, tu perds l'esprit... Oh! les femmes!... Puisque c'est un inconnu, il m'est impossible de dire son nom.

— Mais dépeins-le-moi, je le connaîtrai peut-être, cet inconnu.

— Il m'a parlé sous ce marronnier; c'était noir comme un four éteint. Je n'ai pu distinguer un seul de ses traits; son organe seulement est un peu farouche.

— Devant la faisanderie, a-t-il dit?

— Oui.

— C'est à quelques pas de la forêt... mais cela ressemble au rendez-vous d'un duel.

— Ah! mon Dieu! dit Auguste en reculant deux pas.

— Oui... c'est un duel! reprit Octave d'un ton affirmatif; c'est un amoureux de M{ile} Louise... Il me décoche de temps en temps des épigrammes anodines, et moi, je lui rends la monnaie de sa pièce sur la même gamme. C'est un rival. Il s'imagine que

je suis aimé... l'imbécile!... Eh bien! je suis enchanté de cette affaire... les femmes aiment le
courage, et je crois en avoir. Un bon duel me
fera du bien... A-t-il dit s'il fallait apporter des
armes?

— Non, dit Auguste d'une voix moribonde; je t'ai
transmis ses propres expressions, rien de plus, rien
de moins.

— Alors ce n'est pas un duel; tant pis!... et si ce
n'est pas un duel, je ne dois pas me rendre à la faisanderie avec des fleurets sous mon paletot ou des
pistolets dans ma poche.

— Et si tu n'y allais pas du tout? dit Auguste.

— Oh! tu as toujours des idées de poltron, toi;
j'irai, mais sans armes, et tu m'accompagneras... Tu
ne m'accompagneras pas?

Auguste chancela sur ses pieds et s'appuya contre
un arbre.

— Eh bien! tu vas te trouver mal comme une
femmelette! dit Octave en soutenant son ami. La
seule idée de me servir de témoin le fait évanouir...
Pauvre garçon!... je ne t'accuse pas... c'est ta nature...

— Tu sais, dit Auguste d'une voix éteinte, tu sais
si je suis ton ami... Je donnerais ma vie pour toi, à
présent, si je la perdais sans voir luire une arme...

Que veux-tu ? je suis ainsi fait... la vue d'un pistolet ou d'une épée me glace le sang.

— Allons, ne pleure pas, pauvre Augustine, dit Octave; j'irai seul à la faisanderie, et pour ne pas avoir au front la pâleur de l'insomnie, je vais me coucher. Bonne nuit !

— Mais tu ne te battras pas? dit Auguste d'une voix suppliante.

— Je suis si malheureux, reprit Octave, si malheureux, depuis quelque temps, que la bonne fortune d'un duel me sera refusée aussi, tu verras.

Il serra la main d'Auguste, lança un dernier regard à la fenêtre de Louise, et, fredonnant un air de *la Favorite*, il rentra chez lui.

VIII

Après le concert, le colloque final et obligatoire, établi entre Louise et Rose, offrit quelque intérêt. Rose, en déshabillant sa jeune et belle maîtresse, s'était donné le droit de tout dire, et elle abusait souvent de ce droit. Au reste, l'intimité de ces fonctions de la toilette nocturne investit les femmes de chambre d'une grande familiarité de propos. *Le simple appareil*, comme dit Racine, diminue beaucoup la déesse aux yeux de la suivante, et porte atteinte à la majesté du pouvoir domestique. La réflexion impertinente qui reculerait devant la robe de velours, éclate devant le négligé de l'alcôve. L'habit ne fait pas seulement le moine, il fait la reine aussi.

Louis XIV avait bien raison quand, sur l'estrade de son lit, il s'enveloppait de quatre rideaux pour ôter sa perruque ; il regardait sa perruque comme la crinière du lion ou l'auréole du soleil. Aussi a-t-il imposé le respect à tous les rois et à tous les valets de chambre pendant soixante ans.

Rose, avec sa tactique habituelle, commençait toujours par des escarmouches insignifiantes, lorsqu'elle avait une vérité sérieuse à lancer à sa maîtresse. Arrivée au dernier œil du lacet, elle dit :

— Qu'aimez-vous mieux, mademoiselle, un concert ou un bal ?

— Je les aime mieux tous les deux, répondit Louise.

Puis elle ajouta :

— Parlez donc plus bas, ou taisez-vous. On ne peut rien entendre.

— Est-ce qu'on chante encore là-bas, mademoiselle ?

— Non, mais on marche là-haut.

— Eh bien ! qu'est-ce que cela nous fait ?

— Cela m'intéresse moi, si cela ne vous fait rien à vous.

— Voulez-vous que je monte chez M. Auguste, pour le prier, à travers la porte, de ne pas marcher si fort ?

— Êtes-vous folle?

— Mais, mademoiselle, si cela vous empêche de dormir !

— Mais je ne dors pas, il me semble ! et je m'intéresse beaucoup à ce bruit qui se fait là-haut. On voit bien, Rose, que vous n'avez jamais aimé.

— Et je m'en félicite ! Si ce malheur m'arrivait quelque jour, je ne commencerais pas par M. Auguste.

— Belle raison ! ce n'est pas un homme de votre rang.

— On a vu des rois épouser des femmes de chambre.

— Dans les contes bleus.

— Dans les histoires jaunes. Nous savons cela, nous, dans notre état.

— Voyons, citez un seul de ces rois.

— Henri IV, qui a épousé une femme de chambre qui se nommait Fleurette... J'appelle cela épouser, moi... Eh bien ! Henri IV vaut bien M. Auguste, et moi je vaux bien cette paysanne de Fleurette ; et si M. Auguste IV voulait m'épouser, à la mode basque, je l'enverrais promener sous le Pont-Neuf !

— Vraiment, Rose, je suis trop bonne avec vous.

— Je le sais, mademoiselle; aussi j'en profite pour vous donner de bons conseils. Si vous étiez

méchante, je ne vous dirais rien, et je vous laisse-
rais noyer dans ce mariage... Cela vous fait rire,
mademoiselle ?

— Oui, Rose.

— Ce n'est pas risible, pourtant, de se noyer.

— Une idée qui me passe par la tête.

— S'il m'était permis d'interroger mademoiselle
sur son idée ?

— Je vous répondrai avant la question... Je
vous crois un peu amoureuse de M. Auguste.

— Voilà une idée!... Oh! que je vais en rire,
moi aussi, demain quand je me réveillerai! Moi
amoureuse de ce fade blondin! S'il n'y avait eu que
lui et moi dans le paradis terrestre, la pomme restait sur le pommier.

— Vraiment, Rose, si vous aviez une tête, vous
la perdriez à tout moment. Est-ce ainsi que vous
devez parler d'un jeune homme qui va m'épouser ?

— Quand vous aurez dit *oui* devant M. le curé,
je croirai à ce mariage.

— Il est pourtant assez avancé.

— Ça m'est égal! il reculera.

— Le mariage ?

— Et le marié aussi... Écoutez, mademoiselle;
nous connaissons les hommes, nous, dans notre état
de femme de chambre. Certainement, vous êtes

belle comme une sainte Vierge, vous... Tenez...
j'admire vos épaules tous les soirs ; elles font venir
l'eau à la bouche : elles ressemblent à une pêche
d'Amérique. Votre corps n'a pas un défaut... Voilà
un grand miroir qui vous le dit encore en ce moment. Aucune femme ne peut entrer en comparai-
son avec vous. Mais enfin, la perfection n'est pas
donnée à toutes. Quand vous n'êtes pas là, je me
crois jolie, et ma tournure n'est pas à dédaigner...
Voyez... il n'y a pas un pouce de crinoline, là...
Tous les hommes qui passent dans cette maison me
font des compliments comme à une demoiselle du
monde ; on m'a même adressé des vers ; voulez-
vous les voir... C'est un académicien qui me les a
glissés dans la main... Je les sais par cœur...

A MADEMOISELLE ROSE.

Quand une seule des trois Grâces
Accompagne Vénus au bain,
Si l'œil d'un Actéon mondain
Invisible, suivait leurs traces,
Son choix serait bien hasardeux
S'il lui fallait, dans l'eau mouvante,
Deviner laquelle des deux
Est la déesse ou la servante.

— Mais où voulez-vous donc en venir, ma bonne Rose, avec toutes ces histoires.

— Attendez, mademoiselle, j'arriverai à M. Auguste... Mais comment trouvez-vous ces vers?

— Ils sont très-flatteurs...

— C'est un académicien de quatre-vingt-quatre ans qui les a faits... et il me regarde avec les yeux d'un jeune homme.

— Ah! si mon père savait cela!

— Votre père! oh! par exemple! en voilà encore un que je crains... Vous me regardez avec vos plus beaux grands yeux!... Votre père est un homme... Un jour il a voulu m'embrasser.

— Rose! Rose! tu t'égares!

— C'est votre père qui voulait s'égarer, mais je l'ai remis dans le bon chemin... et M. Octave.... en voilà un de volcan!... Celui-là vous adore. Si ses yeux avaient des dents, vous seriez déjà dévorée... Eh bien! ça ne l'empêche pas de me rendre justice; il me prodigue les mots charmants, lorsqu'il voltige autour de moi, comme un papillon... Et le colonel de Gérenty, un homme sombre comme un *requiem*, et qui, dans un salon, parle comme une messe de mort, eh bien! quand il me trouve seule, dans l'escalier, il me barre le chemin et demande le péage, comme au pont d'Asnières... un baiser...

Je ne refuse pas, parce qu'il m'a promis de parler pour mon frère, au conseil de révision... Enfin ma liste n'en finirait pas. Je pourrais faire mettre à la porte tous invités de Paris, jeunes ou vieux, si je les dénonçais à M. Lebreton... Il n'y en a qu'un, un seul, qui n'a jamais daigné me donner un coup d'œil ou me dire un mot. C'est M. Auguste.

— Mais tu me combles de joie, dit Louise, en se mettant au lit. Tu fais de ce jeune homme l'éloge le plus complet. Crois-tu que je voudrais d'un mari qui aurait adressé des vers à ma femme de chambre ?

— Ah ! vous prenez la chose ainsi, mademoiselle !... Eh bien ! si vous pouviez la faire juger par un tribunal de femmes de trente ans, votre amour perdrait son procès.

— C'est possible, mais je ne convoquerai pas ce tribunal.

— Un jeune homme qui sera votre mari dans huit jours, et qui ne vous a pas encore dit : je vous aime.

— Il n'a qu'un défaut, un seul, et j'adore ce défaut.

— Quel défaut, mademoiselle ?

— La timidité.

— C'est un défaut de femme.

— Eh bien ! je l'aime chez un homme... Écoutez, écoutez, Rose... il est encore debout là-haut... il marche avec précipitation... un souvenir éloigne son sommeil... il pense à moi... il pense à ce regard que je lui ai donné, quand une belle voix de contralto a chanté : *O mon Fernand!*... Entendez-vous ce bruit?... il ouvre la fenêtre... il veut penser à moi, en écoutant les harmonies de cette belle nuit... il ne songe pas à dormir, lui!

— Les hommes comme M. Auguste dorment en chemin de fer.

— Décidément, Rose, je crois que vous l'aimez.

— Soit.

— Et j'excuse alors tout le mal que vous dites de lui.

— Tant mieux! je continuerai... A quelle heure dois-je réveiller mademoiselle, demain?

— Oh!... fort tard...

— Ce diable de promeneur de là-haut va vous empêcher de dormir!

— A propos, Rose... tenez-vous beaucoup à ces vers que vous venez de me dire?

— Mais c'est toujours agréable de...

— Eh bien! gardez-les, interrompit Louise... bonne nuit, Rose, et fermez ma porte à double tour.

— Si mademoiselle désire ces vers... ils sont là, dans la poche de mon tablier... Nous pouvons faire un échange...

7.

— Quel échange pouvons-nous faire ?

— Il y a, là, sur votre table, des vers et un dessin... vous savez ?...

— Oui, les vers de cet impertinent jeune homme... vous pouvez déchirer la page ; je n'y tiens pas du tout.

— Moi j'y tiens, mademoiselle.... Je suis une ignorante, moi ; je ne comprends pas grand'chose à toutes ces lignes que font les auteurs de Paris... Eh bien ! j'aime cent fois mieux les vers de M. Octave que les autres... M. Octave ne va chercher ni Vénus, ni les Grâces, ni Actéon, et toutes ces bêtises de mon grand-père ; il dit des choses vraies, des choses qui ont cœur... Tenez, mademoiselle, voilà mes vers, et je prends les vôtres. Je donne du vieux pour du neuf, ça me va... Il marche toujours, là-haut, comme un loup en cage !... Voulez-vous qu'en montant à ma chambre je prie ce monsieur de prendre des pantoufles, pour économiser ses talons ?

— Oh ! garde-t'en bien ! Rose !... je suis si heureuse de l'entendre ! il pense à moi !

— Ah ! mademoiselle, vous n'aurez pas toujours seize ans ! dit Rose, après un long soupir.

Louise fit un geste impérieux qui ordonne le silence, et s'élançant hors de son lit, elle courut pieds nuds à sa fenêtre et colla son oreille contre les petits rideaux de la vitre. Un délicieux prélude de cor se faisait entendre du côté de la rivière; on aurait cru que Vivier modulait sur son instrument, sans rival, un de ses admirables monologues qui sont la langue suave de l'insomnie amoureuse, dans le calme des belles nuits du milieu de l'été; *Midsummer*, comme le dit le grand poëte du songe.

Un canot s'était arrêté devant les derniers arbres du parc riverain, et un ensemble de voix, douces à l'oreille, comme des brises de midi, chantait cette barcarolle:

La nuit passe vite
Près de la beauté;
La nuit nous invite
A la volupté.

Cette heure charmante
Lie en ce moment,
La main de l'amante,
Aux mains de l'amant.

Qu'il est doux de vivre
Quand tombe le jour!
Le désir enivre
L'air est plein d'amour.

O nuit, tu réveilles
L'amour dans nos cœurs ;
Répands sur nos veilles
Tes douces langueurs.

Vallons, bois et plaines,
Beau ciel qui nous luit,
Mêlez vos haleines
Aux chants de la nuit.

Aimons aux étoiles,
Libres de souci ;
La nuit est sans voiles,
Et l'amour aussi.

Et peu nous importe
Que la loi du sort
Demain nous apporte
La vie ou la mort.

Puis le chant s'éloigna, et on l'entendit expirer dans une mélodie vague et vaporeuse, comme le souffle de l'air qui s'éteint dans les bois.

Louise regarda sa femme de chambre et lui dit tout bas :

— Eh bien ! que pensez-vous de ce chant?

— Je pense que c'est une promenade sur l'eau ; il y a beaucoup de comédiens de Paris dans notre voisinage, et ils s'amusent en chantant, au lieu de dormir. Voilà.

— Rose, vous ne dites pas ce que vous pensez.

— Si mademoiselle le veut ainsi.

— Rose, il est de toute évidence que cette jolie sérénade est une surprise, et je reconnais l'auteur à sa délicatesse. Deux ou trois comédiens du voisinage ne formeraient pas un pareil ensemble. On a aujourd'hui, amené de Paris un chœur complet de belles voix, et voilà pourquoi nous entendons marcher là-haut; est-ce clair?

— Ah! dit Rose, avec un sourire malin, vous croyez que cette sérénade vous vient de M. Auguste?

— Mais c'est à ne pas en douter, mademoiselle Rose, vous êtes d'une obstination révoltante!... Oh! comme il m'aime!

Rose alluma son bougeoir, souhaita une bonne nuit à sa maîtresse, et sortit, en poussant un second soupir.

IX

Avant cinq heures du matin, Octave donnait un dernier regard au balcon de la chambre de Louise. Avec cette seconde vue qui est le sixième sens des artistes, il voyait la jeune fille endormie et reposant sa belle tête sur un nuage de cheveux d'or, entre le cercle de ses bras d'ivoire. Qu'il me serait doux de la peindre ainsi, pensait-il... avec tout le reste! La chaleur de la nuit doit avoir dérangé beaucoup de précautions!

Il s'arracha lentement à la contemplation de ce tableau invisible, comme l'Adonis du tableau de l'Albane, où Vénus est représentée endormie, et il s'achemina vers le point du rendez-vous, par de petits chemins détournés, à travers les haies vives et les murs blancs. La céleste image le suivait.

Arrivé devant la faisanderie, il vit un homme arrêté dans la pose de l'attente, et habillé, à cinq heures du matin, comme pour un bal. C'était le colonel de Gérenty.

Octave salua en souriant. Le colonel répondit par un de ces saluts froids et roides, qui sont la stricte politesse des duels, entre gens de bonne compagnie.

— Monsieur, dit le colonel, avec une parole brève, accompagnée d'un léger sifflement, organe des grandes occasions, monsieur, en vous voyant arriver seul, j'ai deviné votre intention, et je l'approuve ; lorsqu'il s'agit d'une femme dans une affaire d'honneur, on doit choisir pour témoins des inconnus, et non des confidents.

Octave approuva par un geste très-expressif. — Je ne m'étais pas trompé, pensa-t-il, c'est un rival. Les cinq cent mille francs de dot le tentent plus que la beauté de Louise. N'importe ! je n'ai pas à examiner l'intention.

— Monsieur, ajouta le colonel, à voix très-basse, il ne faut pas réveiller les soupçons ; ainsi séparons-nous... vous connaissez les localités ?

— Parfaitement, colonel.

— Vous m'attendrez là... vis-à-vis... de l'autre

côté de la chaussée de Saint-Germain... là où les maisons finissent, où le bois commence. A tout moment, les soldats ou les cavaliers de la garnison voisine passent sur ce chemin. Je vais arrêter les deux premiers pour en faire des témoins; ce sont les meilleurs pour ces sortes d'affaires.

Octave fit un second geste affirmatif, salua le colonel, et se rendit au poste indiqué.

Cinq minutes après, le colonel arrivait avec deux hussards, et on s'enfonça dans le bois.

Une seule chose inquiétait Octave; il ne voyait des armes nulle part. Les deux témoins allaient probablement nager dans les eaux de Chatou, et ils étaient en grand négligé d'écurie et sans sabres. Octave, qui connaissait tous les coins de ce bois, son second atelier, fit faire halte sur un terrain nu, entouré d'un impénétrable massif de sicomores, d'ormes et de noisetiers.

— Monsieur, dit le colonel, je vous ai rendu maître des conditions, c'était le devoir d'un militaire ; je pense que vous avez choisi le pistolet. Vos armes sont les miennes ; vous pouvez maintenant les tirer des poches de votre paletot, personne ne nous voit.

Les hussards se frottaient joyeusement les mains, comme des oisifs ennuyés qui ont trouvé une distraction, et disant : Nous allons bien nous amuser.

— Hussards, leur dit le colonel d'un ton grave, ce duel auquel vous allez assister, a une cause qu'il nous est impossible de dire. Vous êtes ici pour attester au besoin, que tout s'est passé, entre les adversaires, selon les rigoureuses lois de l'honneur et du code de M. de Chateauvillard.

Les deux hussards s'inclinèrent respectueusement.

— Veuillez bien remettre vos armes aux témoins, dit le colonel à Octave.

— Mais je n'ai pas d'armes, répondit Octave en secouant les basques de son paletot.

— Comment, monsieur, vous arrivez sur le pré sans armes ! s'écria le colonel, avec le léger sifflement obligé.

Ce sifflement irritait la nature nerveuse d'Octave, et plusieurs plis d'irritation se dessinèrent sur sa figure, comme ces petits nuages horizontaux qui annoncent sur l'horizon du couchant la tempête du lendemain.

— Il vient sans armes à un rendez-vous d'honneur ! poursuivit le colonel, avec un sifflement plus aigu.

— Faut espérer, dit l'un des hussards, qu'on ne nous a pas fait venir ici pour assister à un combat à coups de poings.

— Colonel, dit Octave sur un ton léger, je suis peintre de mon état, je manie le pinceau... Que diriez-vous, si je vous proposais un duel dans lequel nous serions obligés, tous les deux, de dessiner cet arbre que voilà, et de déclarer vainqueur celui qui se tirerait le mieux de ce travail?

— Jeune homme, dit le colonel, je vous prie de parler sérieusement. Nous ne sommes pas ici pour échanger des fadaises... ou bien...

— Puisque vous ne voulez pas répondre à ma question, dit Octave, je vais répondre, moi... L'épée, le pistolet, le sabre, sont les outils de votre profession. Ma main ne les connaît pas ; elle a perdu son temps à s'exercer sur le pinceau.

Les hussards donnaient de violents signes d'impatience.

— Un instant, mes camarades, dit Octave.

— Il va proposer un duel au pinceau ! dit un témoin en riant.

— Colonel, reprit Octave, vous n'avez pas un grand mérite à vous servir des armes que vous connaissez si bien contre un jeune homme qui ne les connaît pas. Vous ne voulez point m'assassiner, n'est-ce pas ?

— Monsieur, dit le colonel, un duel peut toujours s'égaliser.

— C'est juste ! colonel... Eh bien, acceptez-vous un duel à mort... à mort, et sans blessures... je redoute les blessures. J'ai un frère boiteux, il n'a jamais pu avoir une maîtresse.

— Au moins, c'est un honnête homme ! remarqua le colonel.

— Un honnête homme, oui, mais boiteux.

— Et il ne jette pas le désordre dans les familles, monsieur.

— Bon ! pensa Octave, il me croit plus avancé que je ne suis.

— Et il respecte l'honneur des femmes, poursuivit le colonel.

— Mais, dit Octave, j'attends toujours votre réponse... Acceptez-vous un duel à mort ?

— Oui, monsieur, j'accepte tout.

— Sur votre croix d'officier ?

— Sur mon honneur.

— Alors, tout va être décidé dans l'instant.

— Vous avez donc des armes ?

— Il ne faut qu'une seule arme, colonel.

— N'importe !

— Mais terrible !

— Oui, je connais cela, un pistolet chargé, et...

— Oh ! interrompit Octave en riant, vous autres, vous croyez qu'il n'est permis de se tuer qu'avec

vos armes. Nous autres, bourgeois, nous croyons
qu'on peut se tuer avec tout. C'est ce qui égalise
les duels entre les bourgeois et les soldats.

— Oh! je connais cette vieille histoire, dit le colonel... Deux pastilles, l'une à l'arsenic, l'autre à la
vanille; je refuse; celui qui tient la boîte tient le
contre-poison.

— Je n'ai pas la moindre pastille sur moi, dit
Octave. Mon arme est tout près d'ici... Veuillez
bien me suivre, messieurs.

— Allons, dit le colonel; ceci commence à m'ennuyer.

— Et moi aussi, dit Octave; mais dans cinq minutes, l'un de nous deux ira s'amuser dans l'éternité.

Le ton avec lequel ces paroles furent dites firent
une certaine impression sur le colonel et les deux
témoins.

Octave traversa le bois en homme qui connaît le
terrain; il arriva bientôt sur la lisière, franchit la
brèche d'un petit mur du parc, et mit le pied sur la
campagne nue et déserte. Un amoncellement de
planches vermoulues cachait l'orifice d'un puits
abandonné pour cause de sécheresse, un puits
d'une profondeur extraordinaire. Octave écarta les
planches et dit au colonel: Voici mon arme.

Et prenant une pièce d'argent, il dit:

— *Pile ou face!* Si vous devinez, je me précipite, tête première, dans ce gouffre sans fond; si vous ne devinez pas... Acceptez-vous ?...

Une légère teinte de pâleur courut sur la figure du colonel.

Puis, il essaya de sourire, et dit :

—Votre arme est un paradoxe, une arme absur e!

— Ah! c'est un paradoxe, s'écria Octave d'une voix stridente; ah! c'est une arme absurde, monsieur! L'arme absurde est celle que j'aurais prise pour me faire tuer avec une pointe d'acier ou avec une balle de plomb, par un duelliste, docteur *in utroque*. Tout ce qui tue est une arme! Tout ce qui montre le courage d'un homme est un honneur! Toute fuite devant un péril est une lâcheté. Colonel, si vous n'acceptez pas cette arme d'un bourgeois, je vais publier partout que vous êtes un poltron.

Les deux hussards serrèrent la main du jeune homme, et firent des signes d'approbation.

— Lancez la pièce de cinq francs, dit le colonel d'un ton résolu.

— Colonel, je vous rends toute mon estime, dit Octave, et je rétracte tout ce que j'ai dit.

— Témoins, vous entendez! dit le colonel.

— Nous sommes donc tous les deux à l'article de la mort, reprit Octave... Colonel, si je succombe

dans le duel, j'implore de vous un grand service.
Vous irez chez mon père, et vous lui direz qu'un
violent désespoir d'amour me chasse de France, et
que je suis parti subitement pour le Havre, où j'ai
arrêté mon passage pour l'Inde. Il reste sept enfants
à mon père, il se consolera.

Le colonel fit un signe affirmatif; les deux hussards détournaient la tête pour cacher des larmes.

Octave lança une pièce de cinq francs à une très-
grande hauteur.

— *Face,* dit le colonel, d'une voix assurée.

On courut vers la pièce tombée :

— C'est *face,* dirent quatre voix.

Octave marcha courageusement vers le gouffre,
et les deux hussards, émus aux larmes, s'élancèrent
après lui, en criant qu'ils voulaient l'embrasser avant
sa mort. Octave s'arrêta sur la margelle du puits et
dit :

— Je meurs pour elle!

Il allait se précipiter; le colonel fit un mouvement
qui suspendit l'élan désespéré du jeune homme.

— Je vous jure, dit-il avec émotion, que si l'honneur d'une famille n'était pas en cause, je...

— Pas un mot de plus, interrompit le jeune
homme; j'ai juré. Je ne vous aurais pas fait grâce,
moi... Seulement, dites-lui que ma dernière pensée

fut pour elle, et voici la suprême faveur que je vous demande. Vous entrerez aujourd'hui dans mon atelier, après votre visite à mon père; vous trouverez un tableau couvert sur mon chevalet; vous l'apporterez ici et vous le jetterez dans le puits... C'est son portrait en pied, et... vous ne le regarderez pas... Oh! vous ne le regarderez pas... Vous jurez de ne pas le regarder... Jamais fille de seize ans n'a été plus belle! Adieu Louise! je meurs pour toi!

Il allait consommer le sacrifice. Le colonel poussa un cri et l'arrêta.

— Que dites-vous? que dites-vous?

— Je dis la vérité, comme tout homme qui va paraître devant Dieu. Soyez heureux avec elle; épousez-la.

— Épouser!... qui? ma belle-sœur! Voyons... tout ceci n'est pas clair... expliquons-nous... C'est bien vous que j'ai gravement insulté, hier soir, dans l'allée des tilleuls?

— Moi, colonel!... Vous ne m'avez jamais insulté gravement, jamais.

— Quand vous sortiez de la maison de...

Il acheva très-bas à l'oreille :

— De Mme de Gérenty.

— Je jure sur l'honneur que je n'ai jamais mis le pied dans la maison de cette noble femme... Ah! j'y

suis !... C'est l'autre... ce pauvre diable d'Auguste...
Mais, colonel,... oui, je comprends tout maintenant...
Celui-là est incapable de compromettre une femme...
C'est un Caton... Il avait une explication à demander à Mme de... votre belle-sœur... Juste ciel! il était
temps de nous expliquer, nous aussi... Venez chez
moi; je vous montrerai le portrait de Mlle Louise...
la tête seulement... Mais vous garderez mon secret,
colonel.

Le colonel pleurait de joie.

— Oui, lui dit-il; la franchise respire dans toutes
vos paroles, dans vos yeux, sur votre figure... Donnez-moi votre main que je la serre, et quittons vite
cet endroit maudit.

Les deux hussards étaient dans l'extase de la joie,
et ils serraient aussi la main d'Octave, sans trop se
soucier du motif de la réconciliation.

— Mes amis, leur dit Octave, je suis obligé de
vous licencier; je vous remercie de tout mon cœur,
si vous acceptez une gratification pour frais de
route.

Et il leur donna un porte-monnaie très-bien garni,
et sans compter.

Les hussards hésitèrent un instant. Mais M. de
Gérenty leur dit en riant, et d'un ton sévère : —
Obéissez à votre colonel.

Les deux cavaliers se résignèrent à leur bonheur, par ordre, et se retirèrent, en faisant mille démonstrations de joie. Octave et le colonel les suivirent quelque temps des yeux, et ils rentrèrent bras dessus bras dessous au village, comme deux bons amis qui venaient de respirer l'air du matin dans les bois.

X

Chemin faisant, Octave avait complété l'explication sur le caractère exceptionnel d'Auguste, et le
colonel avait promis de se conduire auprès de ce
jeune déclassé de la nature, comme si l'insulte de
l'allée des tilleuls n'eût jamais existé.—Je puis vous
affirmer, colonel, avait dit Octave, qu'il ne fera rien
pour vous en faire souvenir.

En passant devant la grille du jardin de Mme de
Gérenty, le colonel dit à Octave :

— Voulez-vous venir souhaiter le bonjour à ma
belle-sœur? Proposition qui fut acceptée avec joie;
car, malgré son violent amour pour Louise, Octave
voyait toujours une jolie femme avec plaisir. C'est
un beau défaut d'artiste.

Mme de Gérenty était assise sous les arbres de la terrasse, et lisait. Elle se leva tout de suite, en apercevant son beau-frère, et lui dit :

— Eh bien! votre mauvaise humeur est passée? Je vous vois sourire... Bonjour, monsieur Octave, ajouta-t-elle, en saluant le jeune peintre ; vous fréquentez les colonels, maintenant. Prenez garde, celui-ci veut vous conduire en Afrique pour vous faire peindre une chasse au lion, et dans ce pays, les modèles tuent souvent les peintres.

—Cela est arrivé en France, quelquefois aussi, dit Octave ; j'en sais quelque chose.

— Mais, reprit Mme de Gérenty ; peut-on savoir, cher beau-frère, la cause secrète d'une mauvaise humeur qui vous a mis en délicatesse avec moi ?

— Oh ! chère sœur, répondit le colonel, avec embarras ; un colonel a toujours en perspective une épaulette de maréchal de camp, et ce n'est pas dans une garnison de province qu'on gagne un grade supérieur. Hier, j'ai appris que mon régiment n'irait pas en Afrique.

— Eh bien ! tant mieux! dit la jeune femme.

— Eh bien ! tant pis! dit le colonel.

— Méchant frère! il veut me laisser toute seule !... Asseyez-vous, messieurs ; on va nous servir du cho-

colat, sous les arbres... acceptez-vous, monsieur Octave?

— Volontiers, madame.

— Ah! voici une visite matinale, dit Mme de Gérenty, en regardant la grille; c'est notre voisin,
M. Lebreton... Ne vous dérangez pas, monsieur Octave; restez donc assis... M. Lebreton vous fait peur?

Le voisin millionnaire arriva, fit de profonds saluts,
et s'assit, à l'invitation de Mme de Gérenty.

Après quelques phrases insignifiantes, M. Lebreton
dit:

— J'étais fort inquiet sur ma belle voisine; hier
vous avez subitement disparu, vous n'êtes pas rentrée pour mon petit concert, et je viens m'informer
de votre santé.

— Je vous remercie de votre gracieuse attention,
dit Mme de Gérenty; ma santé n'a pas à se plaindre...
Hier soir, j'avais des lettres à écrire... à mon
mari... à ma mère... On n'écrit bien qu'à la clarté
de la lampe... le grand soleil m'humilie; je n'ose
pas écrire devant lui... Peut-on vous offrir une tasse
de chocolat, monsieur Lebreton?

— Avec plaisir, madame...

— Et Mlle Louise s'est-elle bien amusée à ce concert?

— Oui, madame... C'est pour elle que je donne
deux ou trois concerts, chaque été... Moi, j'écoute

la musique, mais je ne la comprends pas... Nous avons eu une belle sérénade, cette nuit ; une sérénade sur l'eau.

— Tiens ! dit Mme de Gérenty, je n'ai rien entendu... Une sérénade à Mlle Louise ?

— Mais, dit M. Lebreton, avec un sourire mystérieux, il paraît que oui... Ce matin, Louise est venue m'embrasser de très-bonne heure ; elle était au comble de la joie.

— A cause de la sérénade ? demanda Mme de Gérenty.

— Oui, dit Lebreton en riant, à cause de la sérénade... et puis à cause de... c'est une galanterie espagnole... vous savez ce que je veux dire...

Mme de Gérenty garda le silence, et donna un morceau de sucre à sa perruche.

— Au reste, ajouta M. Lebreton, ce sera demain le secret de tout le monde.

— Vous mariez donc cette belle enfant ? dit le colonel pour ramasser la conversation qui tombait.

— Eh oui ! dit M. Lebreton, en épanouissant son visage. Je la marie... et avec un jeune homme qui sera un jour l'honneur de son pays.

— Un grand artiste ? demanda le colonel.

— Oh ! mieux que cela ! les artistes sont de pauvres maris... Mon futur gendre sera couronné par l'In-

8.

stitut, le mois prochain. C'est un historien, un…

—Qu'avez-vous, monsieur Octave? dit Mme de Gérenty; vous vous trouvez mal ?

Octave montrait une pâleur horrible, et luttait
contre une crise de nerfs.

— Ce n'est rien ! dit le colonel en enlevant Octave par le bras et le conduisant vers une allée voisine, ce n'est rien; c'est la troisième fois que ce
malaise lui prend depuis ce matin. Il a besoin d'air.

Quand le colonel soutenant Octave se fut éloigné,
M. Lebreton dit en hochant la tête:

— Il n'y a rien d'étonnant ! Ce jeune homme
mène une conduite désordonnée… Voilà les artistes !… Vous êtes bien bonne de vous effrayer,
madame… et puisque nous sommes seuls, et que
vous êtes dans le secret, je vous dirai que mon
futur gendre a passé une nuit blanche, tout exprès
pour voir l'effet que produirait sa sérénade. Il n'a
pas écrit une ligne sur… le… la… N'importe !
il s'est promené toute la nuit ! un homme d'étude !
Aussi, il fallait voir ce matin ma chère enfant !…
ma Louise!… entre nous, je crois qu'elle l'aime un
peu. Diable ! ce n'est pas étonnant. Un jeune homme
accompli, doux comme un agneau, honnête, sage,
laborieux, et beau comme un Adonis, ce qui ne
gâte rien… Mais vous êtes distraite, madame… il

me semble que vous ne m'écoutez pas, ou que je vous fais de la peine en...

— Oui, interrompit Mme de Gérenty, oui, vous me faites beaucoup de peine en me parlant ainsi.

— Et pourquoi ? demanda Lebreton stupéfait.

— Parce que vous êtes un honnête homme, et que je m'intéresse à vous.

— Eh bien ! madame ?

Eh bien ! monsieur, M. Auguste Verpilliot n'épousera jamais votre fille.

M. Lebreton faillit tomber du haut de sa chaise de jardin.

— Et qui vous a dit qu'il n'épouserait...?

— Lui !

La bouche de M. Lebreton s'ouvrit et ne se referma pas.

— Je voulais me taire, poursuivit Mme de Gérenty, mais j'ai parlé. Tant pis! c'est plus fort que moi. On doit toujours éclairer un honnête homme, et voir pour lui, quand il est aveugle.

— Je suis aveugle! dit Lebreton, en reprenant la parole.

— Comme un Quinze-Vingt... D'abord, la sérénade de cette nuit n'a pas été donnée pour votre fille; M. Auguste n'aime pas votre fille; M. Auguste n'épousera pas votre fille; il aime passionnément

une autre femme, et cette femme je la connais...
Brisons là, voici ces messieurs.

La figure de M. Lebreton ne rappelait rien de
connu dans toutes les nuances des expressions.

Le colonel avait rendu par ses conseils un peu
d'énergie à Octave, et il le ramenait pour effacer
le mauvais effet produit.

— Je vous l'avais bien annoncé, dit-il; c'est une
légère ébullition produite par la chaleur... Le sirocco
souffle; je reconnais mon Africain... Craignez-vous
le sirocco, M. Lebreton?

— Moi! dit M. Lebreton, comme réveillé en sursaut. Oui, monsieur... nous causions avec madame.

— Eh bien! causons, dit le colonel en s'asseyant.

M. Lebreton se leva, sans savoir ce qu'il allait
faire, il chercha sa canne qu'il tenait à la main,
son chapeau qu'il avait sur la tête; puis se frappant
le front, il dit :

— J'avais quelque chose à dire, mais je ne sais
plus... Madame, aurai-je bientôt l'honneur de vous
revoir? j'ai besoin de vous revoir?... Pouvez-vous
me faire le plaisir de venir dîner à la maison à cinq
heures?... Ne m'abandonnez pas, je vous prie...
J'ai besoin de vos conseils.

— Vous avez un procès? demanda le colonel.

— Oui, dit Lebreton au hasard; un procès... un procès grave...

— Tant pis! remarqua le colonel, et vous prenez pour avocat ma belle-sœur? tant mieux! c'est une femme d'excellent conseil.

— Eh bien! madame, dit Lebreton en se rapprochant de Mme de Gérenty, que me conseillez-vous de faire pour le moment?

— Ne faites point d'éclat, dit Mme de Gérenty. Ne changez rien dans vos relations avec ce jeune homme...

— Ce sera difficile, madame...

— Ah! mon cher voisin, on ne fait pas toujours ce qui est aisé; il faut souvent être diplomate dans les familles. J'ai appris cette maxime dans les palais des ambassades.

— Je serai diplomate.

— Rien n'est plus facile, monsieur Lebreton; ne parlez pas, souriez continuellement, et tenez votre main droite dans l'ouverture de votre gilet; en haute diplomatie, on réussit toujours avec ces trois choses, et on trompe l'Europe : en petite diplomatie domestique, on trompe son voisin, cela suffit. Si vous trouvez quelquefois l'occasion de placer cette phrase : *à Dieu ne plaise*, ou celle-ci : *il y a deux manières d'envisager cette question*, cela ne compromet rien, et on vous croit profond ; mais n'allez jamais plus loin. J'ai appris cela en fréquentant les chancelleries. Les Turcs sont les premiers diplomates du monde : ils dorment toujours, surtout en fumant ; et lorsqu'ils sont obligés de répondre, ils se taisent, inclinent la tête en arrière, poussent une aspiration gutturale, et lèvent les yeux au ciel. Je vous recommande ce genre de réponse. A Malte, tout le monde répond ainsi. Cette diplomatie irrite parfois le *Malta-Times*, et finira par chasser les Anglais de l'île. M. de Talleyrand n'a, dit-on, réussi qu'avec ce procédé, seulement il ne regardait pas le ciel.

M. Lebreton attendait avec impatience la fin de cette leçon pour partir ; il lui tardait de voir la contenance d'Auguste dans une première rencontre, et il se proposait bien de ne pas suivre une diplomatie dont la gravité fausse était assaisonnée de trop de plaisanteries légères. Il prit donc congé de Mᵐᵉ de Gérenty, et la désolation était peinte sur tous ses traits. L'homme heureux avait rencontré un chagrin, et il s'étonnait de cet accident injuste.

— Messieurs, dit Mᵐᵉ de Gérenty, à son beau-frère et à Octave, vous pouvez maintenant vous rapprocher ; vous n'êtes plus de trop ; cet excellent voisin est désolé : je comprends sa douleur, mais

je n'ai jamais la bonté de m'attendrir sur les infor-
tunes des millionnaires, je réserve mes larmes pour les
pauvres. Comprenez-vous qu'un père soit consterné
parce que sa fille ne se marie pas? faut-il avoir un
urgent besoin de désespoir, pour s'en forger un
avec ce malheur! Vraiment les hommes sont fous...
Veuillez bien m'excuser, messieurs, je parle en
général... M. Lebreton a trois cent mille francs de
rente, hôtel à Paris, château à la campagne, fermes
en Normandie; il a cinquante ans et une santé robuste. Vous connaissez sa fille unique; c'est la grâce
et la beauté fondues ensemble, et complétant une
merveille. Comment ce chef-d'œuvre a-t-il été créé
et mis au monde par M. Lebreton, qui n'est pas gracieux, mais qui est laid? C'est un de ces secrets
dont la nature a le mot: la nature est le plus amusant de tous les auteurs comiques. Vous croyez que
ce père, fier d'un tel trésor, veut le garder précieusement chez lui? Non. Ce père veut s'en débarrasser
au plus vite; lui qui serre à triple tour des chiffons
de banque dans un coffre-fort! Bien plus! Si un
jeune homme venait demander cinq cent mille francs
à M. Lebreton, ce demandeur serait mis à la porte
ignominieusement, comme un escroc. Mais si un
jeune homme lui demande cinq cent mille francs et
la belle Louise par-dessus le marché, alors le père

jette son argent et sa fille par la fenêtre avec un empressement tout paternel. Et si, le lendemain, le gendre, plus sensé que le père, veut laisser l'argent et la fille, et rester garçon, ce même père va se donner une attaque d'apoplexie pour ne pas survivre à pareille catastrophe domestique ! c'est ce que je viens de voir là, messieurs, en causant avec M. Lebreton.

— Oh ! tant pis ! s'écria le colonel ; il faut que je parle : je suis un soldat, et ne sais rien garder... Oui, ma chère sœur, vous venez de ressusciter ce pauvre jeune homme après l'avoir tué. C'est le miracle de la lance d'Achille. Vous venez de parler avec une vivacité si charmante, que vous n'avez pas vu éclater la joie de la vie sur le visage de feu Octave. Tranchons le mot. Octave que voilà, est amoureux de Mlle Louise, mais amoureux comme le serait le Soleil, s'il pouvait aimer la planète de Vénus. Ce petit Octave est un volcan parisien en paletot gris... mais il n'est pas très-logique dans sa joie, car enfin, voilà un père qui annonce le mariage de sa fille, et puis vous nous annoncez que sa fille ne se marie pas.

— Mais c'est moi qui ai rompu le mariage, là, en tête à tête, dit Mme de Gérenty, et vous l'avez vu aussi consterné en sortant qu'il était radieux en entrant... son futur gendre est amoureux, non pas de Louise, mais de...

— De qui? demanda le colonel.

— Je vous le dirai, reprit Mme de Gérenty... je suis un peu diplomate ; je lis dans les yeux la pensée du cœur, et j'ai découvert l'insolente passion de cet historien ; il sera peut-être couronné par l'Institut, mais par moi, jamais.

— Pouvons-nous savoir son nom? dit le colonel.

— Ma foi, je n'ai aucune considération à garder pour ce petit monsieur... C'est M. Auguste Verpilliot.

Octave fit un mouvement de surprise, et prenant la parole, il dit d'une voix tremblante :

— Pardon, madame ; il y a erreur, sans doute... M. Lebreton a parlé d'un homme d'étude... d'un historien... d'un... et je n'ai pas reconnu à ce portrait M. Auguste. Si ce n'est pas lui, ce mariage n'a pas été rompu.

— C'est lui, vous dis-je, c'est lui ; ne mourez pas une troisième fois. J'ai entendu un soir... le soir du bal... une conversation entre M. Lebreton et M. Auguste. Eh bien ! M. Lebreton s'extasiait en entendant M. Auguste parler de ses travaux sur l'histoire : je vous affirme que c'est lui, et que vous n'avez pas à craindre d'autre rival.

— Le voilà radieux ! dit le colonel, en secouant

9

la main d'Octave; c'est que vous ne savez pas quel excellent jeune homme vous avez là devant vous!

— Mais, dit Mme de Gérenty, en riant, d'où vous est venue tout à coup cette belle amitié? Vous vous connaissiez à peine hier, et aujourd'hui vous ressemblez au groupe d'Oreste et Pylade, exposé dans un jardin!

— Ah! chère sœur, dit le colonel; vous connaîtrez ce mystère un jour. Qu'il vous suffise de savoir, à présent, que M. Octave mérite mon estime et mon amitié.

— Ordinairement, reprit la belle-sœur, vous n'êtes pas prodigue de ces choses.

— Oui, Anna; aussi, quand je les prodigue, elles sont méritées.

—Eh bien! monsieur Octave, dit Mme de Gérenty, en se levant; en attendant que mon frère me révèle l'origine mystérieuse de cette amitié, laissez-moi vous serrer la main. Mon frère ne m'a jamais fait l'éloge d'un homme. S'il tenait la lanterne de Diogène, il ne l'éteindrait pas.

—Octave, dit le colonel, vous me devez une visite à votre atelier... Ma belle-sœur peut nous accompagner, n'est-ce pas?

Octave hésita pour répondre, et regarda le colonel d'un air significatif.

— Oh! je ne suis pas Anglaise, dit Mme de Gérenty, en riant; je ne redoute pas les chefs-d'œuvre des arts. J'ai vu la sacristie de Sienne, avec les trois grâces; la cathédrale de Pise, avec le groupe d'A-dam et Ève; la basilique de Saint-Pierre, avec le tombeau de Paul III; la chapelle Sixtine, avec la fresque de Michel-Ange; le Vatican avec tout, et je ne redoute pas un atelier... M'offrez-vous votre bras, monsieur Octave?

— Très-volontiers, dit le jeune homme.

— En avant! dit le colonel.

L'atelier d'Octave était meublé et décoré avec luxe; il attestait la grande fortune du père. Les objets d'art, les panoplies, les porcelaines du Japon et de la Chine, les reliques de Pompei, y étaient amoncelés avec profusion et disposés avec goût. Mais les visiteurs graves reconnaissaient aussi avec tristesse que le jeune maître de cet atelier était un peintre amoureux de la forme et trop dédaigneux de l'esprit. On y trouvait une exacte réduction, en marbre ou en bronze, de toutes les blondes et brunes divinités que le ciseau a illustrées pour les autels païens. Pas une ne manquait à la collection. Quant aux dieux de l'Olympe, ils brillaient par leur absence. L'Apollon du Belvédère, lui-même, le dieu vainqueur de Python, n'avait pas trouvé grâce devant l'ostracisme général. Les Vénus abondaient, mais on ne voyait pas un seul Cupidon.

— Mais, je ne conçois pas vos scrupules de tout à l'heure, dit Mme de Gérenty, après avoir passé en revue toutes les divinités de son sexe; je n'ai jamais visité un atelier plus décent.

— Oui, dit le colonel; mais il y a ici, comme au musée de Naples, un recoin secret.

— Ah! dit la jeune femme, d'un air comiquement ingénu; j'ai refusé à mon mari de l'accompagner au musée secret de Naples; mais mon mari a usé de son pouvoir, et j'ai obéi aveuglément, les yeux ouverts. L'art est une chose sacrée qui purifie tout.

— Oh! ma chère sœur, dit le colonel en riant, M. Octave n'est pas si terrible dans ses exhibitions. Il s'agit tout simplement d'un portrait de femme.

— En buste? demanda Mme de Gérenty.

— En pied... Mais Octave ne laisse voir que la tête.

— Alors ce n'est pas une déesse de l'Olympe.

— Oh! mieux que cela.

Cependant Octave préparait l'exhibition de son chef-d'œuvre, mais dans les conditions de réticence dont parlait le colonel.

— Eh bien! est-ce visible à l'œil nu? poursuivit M. de Gérenty.

Octave s'éloigna du chevalet, et fit le signe qui veut dire : Regardez !

Le colonel et sa belle-sœur coururent, regardèrent, poussèrent un cri de surprise, et dirent en duo :

— C'est elle !

Après cinq minutes d'admiration muette, ou d'adoration, Mme de Gérenty dit à Octave :

— Et vous avez fait ce portrait de souvenir ?

— Pouvais-je le faire autrement, madame? dit Octave d'un ton naïf.

— Voilà un amour ! reprit la jeune femme en joignant ses mains. Faut-il qu'une figure soit profondément incrustée dans un cerveau de peintre, pour qu'elle soit reproduite avec cette fidélité de souvenir ! Comme cette jeune fille est aimée !

— J'espère, madame, dit Octave, que vous aurez la bonté de garder le secret sur cette petite confidence d'atelier.

— Moi ! reprit la jeune femme ; ah ! vous ne me connaissez pas ! Soyez bien tranquille. A la première occasion favorable, je raconte ce secret à tout le monde... Vous croyez bonnement qu'un chef-d'œuvre comme celui-là est fait pour rester sous cloche ?... Mais pardon de mon indiscrétion, monsieur Octave ; je suis très-curieuse, ma mère se nommait Ève. Ne pourriez-vous pas enlever ce voile impertinent qui ne permet de voir que la tête ?

— Oh ! madame ! dit Octave d'un ton suppliant ; Je vous conjure de ne pas me demander l'impossible.

— Ce sera possible une autre fois, dit la jeune femme ; je ne veux pas être exigeante à ma première visite...

Un domestique entra et dit :

— Puis-je introduire M. Auguste Verpilliot ? il est déjà venu cinq fois demander monsieur.

— Dites-lui que j'ai du monde dans l'atelier, et qu'il attende au jardin.

— Il sait que je suis ici, dit Mme de Gérenty.

— Mais il croit que je n'y suis pas ! remarqua le colonel, d'un ton menaçant.

— Oh ! cher beau-frère ! reprit la jeune femme ; point d'esclandre. Je sais me défendre toute seule, en cas d'attaque...

— Un insolent qui ose vous aimer.

— Eh bien ! c'est toujours flatteur pour une femme ; s'il osait me détester, je vous prierais de me défendre.

— Qui a l'impudence coupable de vous dire, je vous aime ! à une femme mariée, et placée sous ma protection !

— Là, je vous arrête, cher beau-frère ; il ne m'a jamais dit je vous aime ; c'est son silence trop expressif qui me l'a dit, et ma perspicacité de femme qui a parfaitement compris cette muette décla-ration... Merci! monsieur Octave; votre atelier vaut la peine d'être revu. Je lui dis au revoir, et à vous aussi... à bientôt... chez notre voisin, ou chez moi...

— Octave, dit le colonel, en souvenir de ce jour, jour de mort et de résurrection, je vais vous en-voyer un petit cadeau qui entretiendra l'amitié... l'accepterez-vous ?

— Avec grand plaisir, colonel; à condition d'é-change.

Un instant après Octave était seul dans son atelier et Auguste en ouvrait la porte.

XI

— Dieu soit béni ! te voilà ! dit Auguste ému aux larmes, je souffre depuis cinq heures du matin tout ce qu'un ami peut souffrir, dans la plus cruelle des attentes. Je te vois, j'oublie tout... tu ne connais pas l'amitié, toi; que tu es heureux !

— Ah ! j'en ai déjà bien assez de l'amour ! dit Octave, en se laissant serrer la main par complaisance.

— Il faut que je te fasse lire l'opéra de *Castor et Pollux*, reprit Auguste.

—Merci ! j'aime mieux *la Favorite.*

— Tu trouveras dans cet opéra un éloge de l'amitié qui...

— Auguste, interrompit Octave, va te promener avec Castor et Pollux, et laisse-moi tranquille !

Auguste étouffa un cri de douleur et se laissa tomber sur un fauteuil.

Octave s'occupait, en sifflant, à remettre en ordre ses nombreuses déesses, dérangées, dans leur symétrie olympienne par les belles mains de Mme de Gérenty.

Le domestique entra, et déposa sur une table quelque chose d'informe, comme un petit ballot de marchandise, en disant :

— C'est un envoi de M. de Gérenty.

Octave opéra le déballage, e' mit en lumière un magnifique bronze du Bacchus indien.

— Que veut-il que je fasse de tous ces angles-là?... dit Octave. Il me semble que je reçois des coups d'épingle dans les prunelles. Le diable emporte les dieux ! Marcel, prends cela, et porte-le dans la chambre de mon père. Il a été membre du Caveau; il croit à Bacchus, lui.

Octave, sans prendre garde au mouvement d'impatience d'Auguste, vint se placer devant son chevalet, découvrit la mystérieuse toile, et commença une longue adoration comme pour donner un dédommagement à ses yeux blessés par les angles du Bacchus indien.

On entendit un coup de talon sur le parquet, et

9

Auguste se leva brusquement, la figure bouleversée par une douleur incompréhensible.

— Octave, dit-il; je viens d'avoir un long entretien avec M. Lebreton.

— J'aimerais mieux l'avoir avec sa fille, dit Octave, sans quitter l'adorable image du chevalet.

— Il paraît que je viens d'être fort calomnié par des voisins, auprès de M. Lebreton, poursuivit Auguste; mais je ne suis pas homme à me laisser écraser ainsi... M. Lebreton a pleine confiance en moi; ainsi il m'a été très-facile de me justifier.

— Eh bien ! que m'importe cette histoire? dit Octave.

— Tu vas voir... écoute... Si je me suis donné, par beaucoup d'adresse, un logement chez M. Lebreton, c'est pour être ton voisin, et te voir tous les jours....

— Sacrebleu! interrompit Octave; veux-tu que je te parle franchement? Ne sois plus mon ami; sois mon ennemi. Un ami comme toi finirait par me tuer ou me rendre fou. Un ennemi nous laisse tranquille. On ne le vois jamais. S'il vous poursuit à la campagne, on le fait arrêter par un gendarme. en criant à l'assassin! Je n'ai eu dans ma vie qu'un ennemi. C'était à Naples. Il étudiait la peinture, et moi aussi. Il se disait appartenir à l'école de l'esprit, et j'ap-

partenais, moi, à l'école de la forme. Il copiait mal une
tête de Mazaccio, et je dessinais bien la Vénus Cal-
lipyge. De là querelles sur querelles, au café Améri-
cain, rue de Tolède. Un soir, j'égarai ma main droite
et ouverte sur sa joue : il jura de m'exterminer dans
les vingt-quatre heures. Pendant qu'il jurait, un sbire
de *buon governo* lui frappa sur l'épaule et le
conduisit à bord du *Pharamond* qui partait pour la
France. Quatre ans se sont écoulés ; mon extermi-
nateur m'a laissé vivre ; je ne l'ai plus revu. Voilà
un ami !

— Eh bien ! Octave, dit Auguste, pâle de colère
contenue, veux-tu que je sois ton ennemi?

— Oui, Auguste, fais-moi cette amitié.

— Tu m'autorises à me servir d'un moyen quel-
conque pour me brouiller avec toi ?

— Oui, sois l'Érostrate de mon atelier, si tu veux;
j'en achèterai un autre, et tu l'honoreras de ton
absence.

— Oh ! peut-on poignarder ainsi un ami de
quinze ans, un ami d'enfance ! dit Auguste, en tordant ses mains jointes sur sa tête.

— Mais tu changes déjà d'idée ? demanda Octave.

— Non, répondit Auguste d'une voix sombre...
tu vas me signer une autorisation...

— Tout ce que tu voudras... écris ; j'approuve l'écriture, et je signe, sans lire.

Auguste s'assit devant la table, et écrivit ce qui suit:

« Moi, Octave Desbaniers soussigné, je jure sur l'honneur que je laisse M. Auguste Verpilliot entièrement libre de faire tout ce qu'il jugera convenable pour être mon ennemi. Je jure de ne m'opposer à aucun de ses actes et à ne tirer vengeance d'aucun. Si je manque à ce serment, je veux que la honte et l'infamie de mon parjure me soient publiquement reprochées par M. Auguste Verpilliot, et je renonce au droit de me justifier. »

Ce papier fut présenté à Octave qui le prit, le lut négligemment, ajouta la formule *approuvé*, la date, et signa.

— Maintenant, dit-il, en rendant le papier. Va te venger comme tu pourras, et oublie le numéro de ma maison.

Auguste, à ces derniers mots, poussa un cri strident ; ses yeux d'un azur doux prirent une teinte d'orage ; son teint frais et calme se couvrit d'une pâleur livide ; il ouvrit la porte avec un mouvement de fureur, et dit:

— Le désespoir que tu me donnes, je vais te le rendre. Attends.

Octave s'avança nonchalamment, et lui dit :

— Monsieur pas de menaces, s'il vous plaît ; pas un mot de plus.

Octave poussa violemment la porte sur Auguste et la ferma à double tour.

— Enfin je respire ! se dit-il à lui-même ; ce jeune homme était mon mauvais génie ; m'en voilà délivré.

Un léger bruit se fit entendre à la persienne de l'atelier ; deux lames vertes s'entr'ouvrirent comme une bouche qui va parler, et Octave entendit distinctement ces mots formidables :

— J'épouserai ta Louise avant huit jours. Voilà ma vengeance.

Octave courut pour saisir Auguste derrière la persienne, mais le jeune homme était déjà loin, et un rire éclatant se mêlait, sous les arbres, à la gamme du rossignol.

XII

Octave fut un instant comme foudroyé par la menace d'Auguste, mais la réflexion fit ensuite naître le doute.

— C'est un poltron qui crie aux armes ! pensa-t-il, et le sourire du consolé ranima son visage. Je ne dois pas craindre un danger impossible, ajouta-t-il; malheureux fanfaron !

Auguste avait pour lui la ruse, cette force des faibles, et quand sa fureur et son désespoir furent un peu calmés, il organisa son plan, avec calme, et le soumit à toutes les combinaisons de réussite. Il ne voulait pas se venger. A quoi lui aurait servi la vengeance ? il voulait arriver à l'un ou l'autre de ces

dénoûments; tuer Octave par la violence d'un désespoir égale à la furie de sa passion, ou, le dernier
moment venu, reconquérir son amitié, en brisant le
mariage, avec la condition de partir tous les deux,
la veille des noces, de gagner le Havre, et d'aller vivre
de l'autre côté des mers. Dans le premier de ces cas,
le suicide de désespoir, Auguste trouvait une sorte
de soulagement inexplicable, mais qui donnait du
calme à sa vie : un voyage lointain était encore la
conséquence forcée de cet horrible dénoûment. Il
n'y avait pas de mariage civil.

Aucun incident ne paraissait devoir modifier ces
deux prévisions.

Avec le calme que donne une résolution prise,
Auguste aborda M. Lebreton, et lui dit, en lui serrant la main.

— Ne parlons plus du nuage qui a passé sur notre
tête... n'est-ce pas ?

— Oh ! les voisins ! les voisins ! dit M. Lebreton,
en maudissant les environs, par un geste dramatique.

— Les voisins, dit Auguste ; ils ont beau dire qu'ils
sont retirés des affaires ; ils sont toujours des indus-
triels en calomnies.

— Parfait ! dit Lebreton, dans un éclat de rire

je leur dirai cela le jour que je me brouillerai avec eux.

— Attendez la fin de l'été. On ne doit se brouiller qu'a l'automne avec ses voisins de campagne.

— Voilà une idée ! dit M. Lebreton ; on prétend que le bon sens vient tard, mon cher Auguste ; il est né avec vous.

— Et quand nous serons mariés, reprit le jeune homme, les voisins se tairont.

— Très-bien ! dit le bon père, au comble de la joie. Voyons, mon cher fils... vous avez quelques formalités à remplir... Il faut accélérer tout cela... l'argent accélère tout... je ne le ménagerai pas... le mariage se fera ici... et nous donnerons au village cette bonne aubaine ... Je réserve cinq mille francs aux pauvres et un tableau à l'église... Vous voyez cette aile de ma maison ? elle est toute meublée, et fort commode. Vous vous installez là avec ma fille. Vous serez chez vous ; ménage à part. Liberté pour tous !... Le tapissier arrivera ce soir de Paris, pour compléter l'ameublement... Cette chère Louise ! comme je pleurerais, si je ne la donnais pas à un homme comme vous !

Et le bon père se mit à pleurer.

Auguste prit son mouchoir, et en frotta ses yeux pour essuyer des larmes qui n'existaient pas.

— Ce sont des larmes de joie; elles sont douces, dit Auguste, en cachant le rire derrière son mouchoir.

— Oui... oui... dit Lebreton avec effort.

— Mais, reprit Auguste, dérobons nos larmes à tous les yeux; on pourrait se tromper sur leur origine... Ah! les voisins! les voisins!... monsieur Lebreton...

— Appelez-moi cher père, interrompit l'excellent homme.

— Cher beau-père, reprit Auguste, je vais écrire à mon bijoutier de venir demain... Vous me permettez de lui donner votre adresse?

— Mais certainement, cher fils... Mais pas de dépenses folles, monsieur, entendez-vous?... De la simplicité, de la simplicité...

— Oui, en tout, excepté en bijouterie, dit Auguste en riant. Un simple cadeau de noce d'une vingtaine de mille francs... Allons, cher père, ne vous fâchez pas! je ne veux pas dépasser dix-neuf mille... vous voyez que je suis raisonnable.

— Et charmant, j'ajoute, moi, cher fils... Mais vous avez un défaut... ah! un défaut... rare... la timidité... Au reste, j'avais ce défaut-là aussi... à telles enseignes que, l'avant-veille de mes noces, je n'avais pas encore embrassé ma femme!... C'est comme

je vous le dis... Nous étions en famille, dans une
loge, au théâtre de... bref, à un théâtre... on jouait
une pièce de M. Scribe... *le*... *la*... n'importe!...
un jeune homme chantait à sa fiancée un couplet
très-spirituel, où il y avait ceci :

Je voudrais bien prendre un baiser.

A quoi la fiancée répondait... C'était mademoiselle...
une actrice très-courue... j'ai oublié son nom :

Moi, je voudrais le refuser.

Ma fiancée à moi, celle qui devait être ma femme
le lendemain, me regarda avec malice... ayant l'air
de me dire : Tu es bien novice, mon ami! Moi, je
compris et je devins écarlate... Que voulez-vous?
c'était mon éducation... Je n'avais pas fait de jeunesse comme vous, cher fils; j'étais un vrai inno-
centin... Non, non, ne vous excusez pas, ne vous
excusez pas, mon gendre; c'est un noble défaut que
vous avez; on a le temps de s'en corriger après le
mariage.

M. Lebreton se récompensa de cette phrase par
un grand éclat de rire, et Auguste, qui venait de
répandre des larmes fausses, paya de la même
monnaie l'hilarité de son naïf interlocuteur. Le duo

de gaieté se prolongea; Auguste aurait voulu qu'il ne finît jamais; le rire faux le dispensait de parler faux.

La cloche sonna le déjeuner.

— Nous serons très-peu de monde à table, dit Lebreton, un déjeuner de famille : la petite Agnès, ma nièce; ma fille et moi; nous nous amuserons.

Louise, aux aguets derrière une persienne, n'avait rien entendu de la conversation à cause de l'éloignement, mais elle avait entendu les bruyants éclats de cette gaieté folle qui annonçait une cordialité si parfaite entre son père et Auguste. Cela lui suffisait. Rien n'était plus doux à son cœur que l'union intime de ces deux hommes. Elle était joyeuse de leur joie, car elle présumait bien que son mariage était le sujet de cet entretien, et que rien ne pouvait désormais s'opposer à son bonheur, puisque les deux maîtres de son destin paraissaient en si parfait accord. Pauvre jeune fille, novice au monde, elle acceptait pour vrai ce que donnent les apparences, et elle descendit à la salle basse avec un visage rayonnant, car elle ne connaissait pas encore l'art de dissimuler sa joie, cette science hypocrite qu'on apprend plus tard lorsqu'on redoute d'effrayer et de mettre en fuite le bonheur, s'il fait mine de venir nous visiter.

Cette première caresse du matin qu'un père donne à sa fille a toujours remué le cœur des plus indifférents. Auguste détourna les yeux pour ne pas voir M. Lebreton embrassant sa fille ; il aurait voulu pouvoir fermer ses oreilles pour ne pas entendre ce bruit charmant qui retentit sur un front virginal, humecté par des lèvres pleines de tendresse. A coup sûr, chez Auguste, cette répugnance ne provenait pas de la jalousie. Quel en était donc le motif ? Auguste, lui-même n'aurait pu répondre à cette question. Il s'avouait tout bas l'effet, il ignorait la cause.

En saluant Louise et Agnès, M. Auguste daigna leur donner un de ces regards qui ne regardent pas ceux qu'on salue. Ces gaucheries étaient toujours mises sur le compte éternel de la timidité.

Sur un signe très-adroit de son père, Louise attaqua la conversation, en parlant d'une fleur d'aloès qui s'était brusquement épanouie, la nuit dernière, dans la serre, et à propos de ce miracle de végétation spontanée, elle dit des choses charmantes, qui étaient aussi des allusions délicates au mutisme obstiné ou à la timidité enfantine de M. Auguste. Cette parole de jeune fille, cette mélodie suave qui se divinise et s'embaume en traversant un clavier

de dents de perles, arrivait à l'oreille d'Auguste
comme un de ces bruits aigres qui révoltent les
nerfs, comme le cri de la vitre sciée par une lime
d'acier ; mais le jeune homme comprit qu'il était
temps de lutter contre toutes ces répugnances, pour
arriver au succès de son plan. Il se composa une
figure sereine, écouta Louise avec un sourire presque naturel, et il trouva même en lui assez de courage pour regarder fixement cette merveille de
grâce, de mélodie et de beauté.

Enfin, elle n'avait pas perdu ses frais de toilette,
la belle enfant ; car c'était pour lui qu'elle prenait
tous les jours la douce peine de diminuer sa beauté
en sacrifiant à toutes les fantaisies de la mode. Ce
jeune homme, pensait-elle, est si recherché, si soi-
gneux dans sa mise, qu'il doit aimer le luxe et l'é-
clat dans la toilette des femmes. Ce raisonnement
ne pénétrait pas avec la même évidence logique
dans l'esprit de Mlle Rose, mais la femme de chambre ne s'en prêtait pas moins aux caprices quoti-
diens de son élégante maîtresse. Rose comprenait
que cette dépense de goût et d'étoffes était perdue,
dans ses intentions ; mais comme elle éprouvait un
plaisir infini à voir cette riche jeune fille épuiser
toutes les charmantes inventions du journal des
modes, elle l'habillait pour son égoïste satisfaction

de soubrette, comme fait la femme pieuse pour la sainte Madone, objet de sa vénération.

Comme sous le Directoire, époque de péril, les femmes ont compris instinctivement, en 1858, qu'il fallait demander à la mode une plus large tolérance. Dans les siècles d'amour, où les hommes se rapprochent des femmes, la mode resserre les plis des étoffes, et prodigue les pudiques intentions sur toutes les coutures; elle ne montre rien, elle laisse deviner. Quand les hommes s'éloignent des femmes, et préfèrent les questions d'argent aux questions d'amour, la mode change sa stratégie et se relâche dans ses mœurs : elle permet aux fleurs de s'épanouir à l'air libre, et supprime la serre; elle permet aux trésors de briller au grand jour, et supprime le reliquaire jaloux. Alors, les belles épaules s'arrondissent sur toute la ligne d'un bal, comme les friandises d'un festin de volupté; les gazes indiscrètes s'échancrent, et découvrent les seins d'ivoire, ces anciens captifs de la pudeur; on fait rayonner aux bougies l'échantillon excitant de toutes les beautés secrètes, et avec ces belles armes nues, tirées du fourreau, on déclare la guerre aux indifférents, aux infidèles et aux apostats.

La mode est moins frivole et plus intelligente qu'on ne le pense. Le costume de la jeunesse du siècle d'Henri III explique les corsages indiscrets des Médicis. Les mœurs du Directoire expliquent la tunique transparente mise en vogue par Mme Tallien. On pourrait faire ainsi l'histoire morale de la mode depuis la robe ouverte des Athéniennes jusqu'à nos jours. Les femmes ont toujours eu le génie de la défense légitime, plutôt par instinct conservateur que par observation ou raisonnement.

Ainsi placée sous la protection d'une mode à la fois despotique et tolérante, Louise se livrait innocemment à l'admiration de son jeune voisin, et instruite par les continuels éloges de Rose et d'Agnès, elle rayonnait de joie en pensant que la belle fiancée était digne du beau fiancé. Avec quelle adresse de pose, de mouvement, de maintien, elle savait montrer à son futur mari tout ce que le *Moniteur* officiel de Longchamps lui permettait d'exposer au grand jour! Avec quelle adorable coquetterie elle secouait la manche pagode, pour laisser voir jusqu'à la fossette du coude un bras du Paros le plus pur, terminé par une main d'enfant! Hélas! un observateur profond, témoin de cette scène, aurait cru voir une belle odalisque se mettant en frais de coquetterie pour son stupide gardien.

Auguste avait remis la conversation sur Annibal, et il cherchait toujours des dates historiques au plafond. Pour la première fois, M. Lebreton interrompit par un geste d'impatience les dissertations sur la Campanie et l'embouchure de l'Aufide; il n'avait plus, comme sa fille, qu'une seule pensée dans l'esprit, et il regardait comme perdu le temps donné à toute autre conversation, même à l'histoire romaine. Au moment où M. Auguste déplorait, selon l'usage, la faute qu'avait commise Annibal en ne marchant pas sur Rome, M. Lebreton frappa sur la table et dit en riant :

— Voilà une faute que vous ne commettrez pas, vous, quand vous serez marié ! Ma fille a une vive passion d'enfance ; elle veut voir la semaine sainte à Rome ; n'est-ce pas Louise ?

— Oui, bon père, dit la jeune fille, en joignant les mains, on dit que c'est la curiosité du monde. Il y a une illumination plus brillante que le soleil d'Italie, et un feu d'artifice, qui est un vrai grand opéra pyrotechnique, avec des cavatines de chandelles romaines, des duos de serpents et de papillons, des chœurs de fusées et des accompagnements d'orchestre tirés par les canons du fort Saint-Ange. C'est Rossini qui en a fait la musique, quant il se nommait Palestrina, sous le pape Marcel.

— Eh bien ! eh bien ! s'écria M. Lebreton en pleurant et riant à la fois, comment les trouvez--

vous les jeunes filles de votre génération, mon cher Auguste ? Elles lisent tout, elle retiennent tout, elles savent tout ! Celle-ci a dévoré toute ma bibliothèque en deux ans, sans compter les journaux, les revues, les feuilletons, que sais-je moi ! Mais si les hommes n'y prennent pas gardé, ils passeront tous pour des idiots devant leurs femmes. Je ne dis pas cela pour vous, mon cher Auguste, et pour quelques savants de profession, comme vous. A Dieu ne plaise que je veuille médire de vos confrères ! loin de là. Lorsqu'on me montre un homme vêtu de noir dans la rue, et qu'on me dit : Voilà un savant, je me découvre comme devant un corbillard.

— Mais, cher papa, dit Louise, avec vos savants, vous me ferez perdre le voyage de Rome...

— C'est convenu, ma fille, interrompit le père ; autrefois, un mari promettait à sa femme de la conduire à la comédie, dans l'octave des noces ; c'est encore l'usage dans ma province...

— Eh bien ! aujourd'hui, dit Louise, on devrait écrire sur le contrat la promesse du voyage d'Italie.

— Nous l'écrirons, dit M. Lebreton en riant. N'est-ce pas, mon cher Auguste ?

Auguste fit un signe de tête affirmatif, et mit

10

beaucoup d'eau dans son verre où il y avait peu de champagne.

— Moi, dit Lebreton d'un air triomphant, je conduisis ma femme à la comédie ; on jouait *le Misanthrope* et *Bajazet*, deux chefs-d'œuvre !

— J'aime mieux le voyage d'Italie, remarqua Louise.

— Eh bien ! il me vient une idée, s'écria le père, en regardant au plafond.

— Ah ! voyons l'idée ! dit Louise, en appuyant ses deux coudes sur le bord de la table, et son menton d'agate sur ses mains.

— Oui, reprit M. Lebreton, oui, mes chers enfants, je vous accompagne en Italie.

— Ah! quel bonheur ! s'écria la fille, en battant des mains.

— Voyons, voyons ! poursuivit le père, en préparant ses doigts pour établir des calculs sur leurs pointes; c'est aujourd'hui le 24 juin... le plus beau jour de l'année... 25... 26... emplettes... 27... corbeille... 28... 29... détails... préparatifs... publications des bans... 30... juin n'a que trente jours... 1er juillet... nous entrons en juillet... comme le temps passe vite!... 2 juillet, visite à nos parents... à Paris... ananas et primeurs, chez Chevet... le 3, retour à la campagne... 4, à la mairie, 5, l'église... noces et festin... bal... Strauss... le 12, nos visites de mariage et de départ... mettons encore deux jours pour diverses emplettes; nous partons le 15 juillet, mes enfants!

— Mais, mon bon père, dit Louise, il n'y a pas de semaine sainte en juillet.

— Eh bien! nous l'attendrons.

— C'est cela! et nous irons à Naples en l'attendant.

— Et nous emmenons Agnès avec nous, ajouta M. Lebreton.

— Moi, dit Agnès d'un ton sec, je ne voyage que dans Paris.

— Oh! dit Louise, toi, quand tu nous verras partir tu changeras d'idée.

— Avez-vous vu une joie folle comme celle de Louise, mon cher Auguste? demanda le père.

— Jamais... jamais... dit Auguste. C'est... c'est une joie qui...

— Donne la joie aux autres, interrompit le père.

— Mais laissez donc finir sa phrase à M. Auguste! dit Louise.

— Oui, ma fille a raison, achevez votre phrase, mon cher fils.

— Vous l'avez très-bien finie pour moi, monsieur

Lebreton ; vous avez ajouté ce que j'allais dire...
Une joie qui la donne aux autres.

— Avouez que vous êtes ému, Auguste? reprit le
père. Allons, avouez que vous êtes ému.

— Ému au point de ne pouvoir parler, dit Auguste.

— En effet, monsieur a l'air très-ému, dit Agnès
en fredonnant cette phrase sur une gamme ironique.

— Et je sens qu'un peu d'air me fera du bien, reprit Auguste, en regardant du côté de la porte.

— Allez faire un tour de promenade dans le parc,
dit M. Lebreton en se levant; mon cher fils donnez
le bras à ma fille.

Auguste fit un mouvement convulsif, et obéit à
l'invitation paternelle ; il aurait voulu arriver au succès de son plan du matin sans subir les excessives
rigueurs de tous ces détails de familiarité intime. Il
fallait pourtant se résigner.

Louise se leva, prit son ombrelle, et fit un pas
devant Auguste, pour attendre l'offre du bras. Jamais
elle n'avait été plus belle ; l'irradiation du bonheur
donnait à son front une auréole; ses beaux yeux
resplendissaient de rayons ; elle avait en marchant
les lumineuses ondulations de l'*avis splendida*, ce

merveilleux oiseau de l'équateur, ce diamant ailé, créé par un baiser du soleil.

M. Lebreton, qui marchait avec Agnès derrière Auguste et Louise, remarqua, avec son œil de maître, une ombre agile qui se montra et disparut dans les ténèbres du quiconce.

— Tiens! dit-il, voilà ce garnement d'Octave qui va jouer son rôle d'espion dans le parc!

Auguste n'avait pas vu l'ombre agile, mais il se fiait à l'œil du maître : changeant tout à coup d'allure, il prit le mouvement grâcieux du promeneur qui cause avec une femme aimée, et il s'abandonna aux charmes d'un entretien intime, pour achever le désespoir de l'espion du parc.

La pauvre Louise voyait enfin disparaître cette timidité qui lui causait tant de peine; elle trouvait dans Auguste l'amant qui allait prendre un autre titre; elle croyait déjà reconnaître la douce puissance de ce maître esclave qu'on appelle un mari. L'âme exaltée de la jeune fille effleurait dans son vol l'azur du ciel.

XIII

La joie est au comble dans la belle villa de M. Lebreton; il y a eu trois jours de fête domestique, et
sans invités. Le maître de la maison a l'égoïsme du
bonheur; il veut avoir sans cesse devant ses yeux
le tableau d'intérieur qui le ravit d'aise, et qui perdrait tout son charme au milieu d'une cohue de
voisins jaloux, bruyants ou curieux. Auguste montre
dans son amour un empressement modéré, mais
chez un homme d'étude et de science, cette modé-
ration est une ardente hyperbole pour un bon père
aveugle; ce madrigal est un dithyrambe. Louise est
la plus fortunée des jeunes filles, et voit son beau
fiancé, avec les yeux fermés de son père. Deux
femmes s'obstinent à faire schisme dans la maison.

Mlle Agnès et Rose ; mais comme on ne les écoute pas, elles se sont résignées au silence, et protestent par ces petits airs malins et ces gestes brusques. qui sont les épigrammes muettes de leur sexe, Les premiers cadeaux sont donnés ; la corbeille est prête ; on déploie, chaque jour, des nuages de dentelles, des étoffes de toute couleur, des parures de toute fantaisie, des cachemires de toute mesure. L'opulence du millionnaire n'a rien marchandé.

Autour des murs de la villa un jeune homme erre comme une âme en peine, et demande à chaque instant un conseil à son désespoir. Le désespoir lui dit:

— Attends.

Et Octave attend, et meurt tous les soirs.

Nous sommes à la veille de la publication des bans. Il est décidé qu'on n'en fera qu'une. Auguste compte toujours sur un message d'Octave, le message n'arrive pas. Octave se croit lié par son serment.

On va causer de la liste des invités en déjeunant, et en famille, entre quatre convives. Mlle Agnès se récuse.

— On se passera de ton avis; lui dit sèchement M. Lebreton.

Auguste invente un oncle, deux tantes, et deux cousins, avec les premiers noms venus, et quelques-

uns ornés de particules, ce qui réjouit Louise au
dernier point. M. Lebreton inscrit ces faux parents
au crayon. Le colonel et Mme de Gérenty boudent et
se tiennent à l'écart. On les invitera par politesse.
Louise propose trois amies de pension et leurs familles : le père accepte ces invités. On propose ensuite M. le maire; Auguste ne fait aucune objection.
Et M. le curé? demande Louise. Ça va sans dire,
réplique le père, et il inscrit M. le curé.

— Qui fait donc tant de bruit sur la terrasse? dit
M. Lebreton, en regardant du côté de la porte, avec
inquiétude.

— Je crois, dit Louise, que c'est encore une dis-
pute entre le jardinier et le commissionnaire du chemin de fer. On aura brisé en route quelque envoi,
et on ne veut pas le recevoir... Attendez-vous
quelque chose de Paris, monsieur Auguste?

Auguste n'existait plus. Ce bruit extérieur semblait annoncer le foudroyant réveil d'Octave si longtemps endormi. Cet infâme, pensait-il, a violé sa parole d'honneur, parole écrite et formulée de vive
voix! Quelle horrible scène va éclater dans cette
salle si tranquille! le volcan va faire son éruption.

— J'attends, dit Auguste en bégayant d'effroi, j'attends... une visite... un infâme qui se moque des
saintes lois de l'honneur... Monsieur Lebreton, usez

de vos droits de maître. Faites-le mettre à la porte, ne l'écoutez pas. C'est ce misérable qui fait tant de bruit sur la terrasse.

— Oui, je devine, c'est l'insolent petit Octave ! s'écria Lebreton.

— Oui, oui, c'est lui ! dit Louise toujours indignée à ce nom. Bon père, faites ce que dit M. Auguste.

M. Lebreton jeta sur la table sa liste des invitations et sa serviette sur sa chaise, et se leva pour accomplir un acte d'autorité domestique, aux applaudissements de sa fille, lorsqu'un homme entra brusquement dans la salle, comme s'il eût forcé la consigne.

Auguste ferma les yeux, et pâlit, comme il aurait fait à minuit devant la plus épouvantable des apparitions.

Cet homme était d'un aspect étrange. Sa figure avait le type mixte du faune et du démon. Un feu sinistre animait ses yeux, et laissait dans une ombre livide le reste de son visage. Une barbe inculte et massive se hérissait sous son menton. Son torse robuste était fortement accusé par un paletot étroit, dévasté sur toutes les coutures. Il promena un regard sinistre sur les quatre convives stupéfaits, et d'une voix rauque, il dit :

— M. Lebreton?

— C'est moi, dit le maître, en s'asseyant pour re-
culer.

— Vos domestiques, poursuivit ce spectre de midi,
voulaient m'empêcher d'entrer. Je leur ai dit, je suis
dans mon droit... Vous verrez que j'ai dit vrai...
Ne nous hâtons pas...

Lebreton fit un signe à Agnès, le signe qui veut
dire, sortez.

Agnès lança au spectre un regard d'amazone, et
aiguisant ses ongles de nacre sur la nappe, comme
la panthère, elle dit :

— Puisqu'il n'y a pas un homme ici, je reste.

L'étrange inconnu regarda de travers Agnès, haussa
les épaules et déposa sur la table un paquet ficelé.

M. Lebreton regardait Auguste comme pour lui
demander un conseil. Le jeune homme attachait sur
la table des yeux vitrés et ne regardait rien. Il y
avait dans l'air de la salle quelque chose de mysté-
rieusement fatal qui semblait interdire un appel au
secours du dehors, pour ne mettre personne dans la
confidence d'une horrible révélation.

L'inconnu ouvrit le paquet et exhiba deux tableaux.

— Je suis obligé de les vendre, dit-il; ce sont
mes enfants chéris... Deux chefs-d'œuvre comme

vous voyez... Celui-ci est un Achille pleurant Patrocle... Celui-là un Endymion endormi, au clair de lune... M. Lebreton est dix fois millionnaire, m'a-t-on dit, il t'achètera ces tableaux... Je les vends pour rien... Dix mille francs... Après ma mort ils n'auront pas de prix.

— Ce sont deux croûtes, dit Agnès, dont je ne donnerais pas un liard.

— Ce n'est pas à vous que je veux les vendre, dit le peintre.

— Et moi je ne veux pas les acheter, dit Lebreton, reprenant un peu de courage.

— Ah! vous ne voulez pas les acheter, dit l'inconnu, avec un sourire de démon; eh bien! Auguste les achètera.

Et il appliqua un vigoureux coup de main sur l'épaule d'Auguste.

Louise tressaillit et poussa un cri désolé, comme si elle eût été atteinte du même coup.

— Mais je ne connais pas cet homme-là! dit Auguste, agité de mouvements convulsifs.

— Ah! tu ne me connais pas! dit le peintre, avec un éclat de rire infernal, prends bien garde à ce que tu vas dire! on connaît ton écriture ici, et tes lettres sont dans ce portefeuille... Veux-tu que...

— Voyons, interrompit Auguste brusquement, je

vais vous donner cinq mille francs de vos tableaux, et laissez-nous tranquille.

— Tu as toujours été avare, Auguste, reprit l'homme, et tu t'avises de marchander avec moi !... c'est parce que tu vas te marier !... Il va se marier !... oh ! laisse-moi rire !... Voilà le papa beau-père !... il a l'air d'un brave homme... c'est dommage !... il va se marier !... Allons vite, donne dix mille francs, et je te laisse mes chefs-d'œuvre...

— Mais vous souffrez ces impertinences ! s'écria Mlle Agnès en se levant comme une furie, vous, mon oncle ! et vous, monsieur ?... Quel est ce bandit qui prend un salon pour une grand'route, et vole en plein jour ? Quel est ce lâche jeune homme qui se laisse souffleter devant sa femme par un bandit ?

Auguste se renversa sur le dossier de sa chaise ; il était anéanti. Louise avait laissé tomber sa tête sur ses mains et les inondait de larmes. M. Lebreton, le front penché sur la table, se demandait le mot de cette affreuse énigme, le mystère de cette familiarité impossible entre un effronté voleur et un honnête jeune homme, et il ne se répondait pas.

Une sentinelle veillait et n'avait rien perdu de tous les incidents de cette scène inouïe. Rose, avec son infaillible instinct de femme, avait compris qu'il ne fallait appeler aucun étranger ou aucun agent de la force publique au secours d'une famille, et elle venait d'agir avec intelligence, sous le conseil d'une bonne inspiration.

Au moment où la virile apostrophe d'Agnès tombait comme la foudre sur la tête de l'inconnu, on vit une ombre se dessiner dans une éclaircie de soleil, du côté du vestibule.

— Ma petite brune, dit l'étranger, en donnant à la jeune Agnès un regard de pitié, vous croyez bonnement me faire peur? détrompez-vous. On ne fait pas peur aux morts, et vous voyez devant vous un homme enterré. J'avais deux pistolets pour toute richesse ; j'en ai vendu un, il m'a fait vivre huit jours ; l'autre... que voici, devait me tuer ce matin. Je me suis accordé un sursis. J'ai pensé à ces deux croûtes, et si mon ami Auguste ne m'en donne pas dix mille francs, je vous livre la correspondance d'Auguste, et je me brûle la cervelle ici, devant vous tous.

A ces mots, l'ombre du vestibule prit un corps, tomba sur l'inconnu, et le désarma.

— Voilà un homme! s'écria la jeune Agnès.

C'était Octave. Rose l'avait suivi, et embrassait Louise, comme une mère couvre son enfant de tout son corps dans un moment de péril.

Deux cris simultanés, deux *c'est lui!* éclatèrent

à la fois dans la poitrine d'Octave et de l'inconnu.

— Sortez tout de suite, si vous n'êtes pas un lâche! dit Octave d'une voix de tonnerre.

Et, le saisissant au collet avec un bras vigoureux, il le traîna jusque sur la terrasse et sortit par la grille qui s'ouvre sur le bois, toujours dominant par sa force et son énergie son étrange compagnon.

Louise avait soulevé sa tête, et vu, à travers ses larmes, l'héroïque Octave accomplissant cette œuvre d'expulsion avec une figure d'archange extermi-nateur.

Auguste se leva péniblement, comme un podagre octogénaire, les yeux éteints, le visage livide et bouleversé; il se traîna vers la porte comme un agonisant chassé de son lit de mort par l'incendie, et désireux de vivre cinq minutes de plus, par amour pour la douleur.

Agnès le suivit lentement, après avoir fait à Rose un signe d'intelligence; elle le vit traverser la ter-rasse, descendre l'avenue de la grille, et disparaître assez rapidement sur le chemin qui conduit à la station du chemin de fer.

Elle rentra dans la salle et dit à haute voix:

— Ce misérable Auguste est parti.

Louise poussa un cri de douleur, et s'évanouit

dans une violente crise de nerfs. Son père courut à elle en sanglotant.

— Vous ne voyez pas qu'elle étouffe ! dit Rose.

Le père et les deux femmes soulevèrent la pauvre fille dans leurs bras unis, et la portèrent dans sa chambre ; là, elle fut déshabillée promptement par Rose ; on la mit au lit, et, après une heure de soins, on vit ses yeux se rouvrir, mais secs, ternes, égarés, fixes, comme les yeux que la pensée raisonnable n'anime plus.

Le malheureux père, à genoux devant le lit et fondant en larmes, ne cessait d'appeler sa fille par les noms les plus doux ; il n'obtenait aucune réponse. D'une voix faible, il dit à Rose :

— Vite une dépêche télégraphique à notre docteur. Allez vous-même, et recommandez aux domestiques de ne pas parler.

Rose obéit, comme l'éclair au nuage ; dix minutes après, la dépêche arrivait à Paris.

La petite chambre offrait un spectacle bien triste. Tout respirait le luxe, le goût, la gaieté dans les tentures, les meubles, les étoffes, les rideaux. On voyait sourire au plafond, dans une fresque charmante, la figure du printemps qui semait, sur des fonds d'azur lumineux, des arabesques de fleurs, et, comme contraste, le cadre de l'alcôve laissait voir une jeune fille, dans tout l'éclat de la beauté, mais agonisante et blessée de ce mal affreux qui laisse vivre le corps et tue la raison. Les débris de sa fraîche toilette du matin gisaient confusément épars sur le tapis de l'alcôve, avec les fleurs cueillies dans une pensée d'innocente coquetterie et d'amour.

Tout à coup, la pensée et le souvenir rayonnèrent dans les yeux de Louise ; les larmes allaient faire irruption, mais l'issue était trop étroite pour le torrent contenu ; les yeux restèrent secs, et la poitrine se gonfla, comme s'il eût reflué vers le cœur. Ce fut une crise nouvelle qui détermina un violent transport au cerveau, et couvrit le front, les joues, le sein de la pourpre de la fièvre.

— Ma fortune pour la vie de ma fille !... dit le père au désespoir.

Rose était rentrée depuis longtemps, et la pauvre fille si dévouée avait aussi perdu la tête ; elle allait et venait, sans aucun but ; elle s'agenouillait dans le petit oratoire, priait un instant, versait des larmes, les essuyait promptement, prêtait l'oreille aux murmures du chemin de fer, et ne cessait de redire ces mots :

— J'avais deviné tout cela !

Agnès, debout à la hauteur du chevet du lit, gardait une immobilité morne, et répandait les plus cruelles de toutes les larmes, les larmes invisibles, les larmes du cœur.

Louise prononça quelques mots sans suite, avec l'accent rauque des mauvais rêves, et fit glisser sa main sur ses joues, comme pour éteindre le feu humide qui les brûlait.

— Donnez de l'air, ouvrez la fenêtre, dit le père à Rose.

A ces mots, la jeune malade fit un mouvement comme pour se lever, et s'appuya sur son coude droit. Elle regarda autour d'elle, avec ce sourire effrayant qui n'arrive pas aux yeux et que le délire donne, et elle dit :

— Rose, fermez la fenêtre... il est minuit... vous savez ?... l'autre... il vaut mieux étouffer... je ne puis plus voir ce jeune homme... Aussi, Rose, j'ai été bien imprudente, cette nuit-là... je me croyais seule... Oh ! mon Dieu !... non... je ne verrai plus cet insolent... Nous irons tout de suite en Italie... n'est-ce pas, Auguste ?... On dit qu'il y a, en juin, à Rome, une fête charmante... à Gensano... nous la verrons... n'est-ce pas ?... C'est une procession de jeunes filles, toutes habillées comme les coqueli-cots dans les blés, et on porte des bannières avec l'image de la madone ; on chante les litanies... ces jeunes filles ont toutes des voix superbes, et sont

musiciennes de nature... et, tout le long du cnemin,
on fait des dessins en mosaïque de fleurs sur le
sable... C'est au mois de juin... Ma cousine Agnès
est une vilaine jalouse ; elle ne veut pas venir en
Italie... elle aime mon prétendu...

Un éclat de rire nerveux suivit ces paroles et se
prolongea péniblement ; elle se laissa retomber sur
le lit, comme si, après une veille trop longue, elle
eût été frappée d'un foudroyant accès de sommeil.

Les trois personnes présentes, animées de la
même pensée, retenaient leur souffle et disaient en
elles-mêmes :

— Oh ! si elle pouvait s'endormir !

À cette phase de la crise, le docteur arriva. Il fit
signe de ne pas troubler le repos de la jeune fille,
et, par un autre signe, il demanda au père un entretien particulier.

Les deux hommes entrèrent dans le petit oratoire,
et M. Lebreton raconta une lamentable histoire, à
voix très-basse, comme un secret de confession,
devant une image du Christ.

XIV

Quand il se trouva seul, dans les arbres, avec son prisonnier, Octave lui dit :

— Je vous ai rencontré comme un bandit épouvantant une, famille honnête, et je puis vous livrer à la justice comme un malfaiteur. Toutes les preuves sont contre vous. Eh bien ! je ne ferai pas une chose qui serait une lâcheté. C'est moi qui me mets à votre disposition. Vous avez reçu de moi, à Naples, la plus grave des insultes, celle qui veut du sang. Vous veniez me chercher ici, ce qui prouve que les années n'ont pas refroidi votre vengeance, et vous vous êtes servi des moyens violents pour connaître ma maison, en effrayant un jeune poltron que vous croyez mon ami. Vous avez pris trop de peine ; je ne me cache pas; on me rencontre partout, et toujours prêt à répondre à ce que me demande l'honneur... J'attends votre réponse, monsieur... J'ai oublié votre nom...

— Zoar-Simaï, dit l'autre, d'un ton nonchalant.

— Je ne suis pas étonné de l'avoir oublié, reprit Octave, ce nom n'est pas commun.

— Un nom comme un autre, dit Zoar-Simaï en s'appuyant contre un arbre. D'abord, causons un peu.

— Je veux bien, dit Octave en s'asseyant sur l'herbe devant son interlocuteur.

— Vous croyez donc, monsieur Octave, vous qui avez un nom commun, vous croyez que je suis venu vous chercher ici? à la campagne?

— Mais... il me semble...

— Ah! il vous semble faux! ne vous donnez pas tant d'importance. Je me soucie de vous si peu, que je regrette la peine que prennent mes yeux en vous regardant. Je suis artiste; j'aime le beau, et vous, monsieur Octave, vous abusez de la permission qu'ont les hommes d'être laids.

— Diable! monsieur Simar-Ronaï, dit Octave vous êtes changé à votre avantage! je ne vous reconnais plus. Vous êtes devenu amusant. Un jour même vous aurez la chance d'avoir de l'esprit; qui sait? Je parie même que vous avez fait des progrès en peinture. La seule auberge de ce village n'a pas d'enseigne; voulez-vous la peindre? au moins vous serez exposé une fois. L'aubergiste paye en aveugle et ne convoque pas de jury; ne perdez pas cette occasion de vous faire un nom. Voulez-vous que j'en parle à l'aubergiste du *Grand-Cerf?* c'est le Mécène de Chatou; il y a tous les jeudis, à son exposition, un public délicat qui arrive de Pontoise et cause peinture jusqu'à l'abattoir : c'est un public fait pour vous et pour les peintres incompris. A Naples, vous étiez entouré de jaloux : il y avait deux paysagistes qui s'avisaient maladroitement de faire des chefs-d'œuvre à votre côté, pour étouffer au berceau le germe de votre talent. Un seul ami vous mit en lumière, le jour où votre pinceau décapita un grand peintre florentin, sous prétexte de peindre sa tête. Cet ami, vous l'avez encore devant vous : c'est moi. Votre toile d'araignée méritait une récompense; je vous décorai de ma main sur la joue, en plein café. Vous le voyez, j'abuse aussi de la permission qu'ont les hommes d'être insolents envers les lâches; j'abuse de tout.

— Monsieur Octave, dit Zoar-Simaï, après avoir écouté avec distraction, je crois avoir compris votre pensée.

11.

— Et je crois m'être expliqué assez clairement, moi, monsieur Simaï.

— Eh bien! monsieur Octave, vous n'êtes pas assez fin pour moi.

— Oui, je sais que vous êtes très-fin, excepté au pinceau. Allez toujours.

— Vous me connaissez d'un caractère très-emporté, très-violent.

— Excepté dans vos tableaux de bataille, monsieur Zoar.

— Oui, ajoutez toujours quelque chose... et quand vous m'aurez poussé à bout, quand je vous aurai rendu deux soufflets pour un, vous serez dans le cas de légitime défense, et vous m'assassinerez bravement avec mon pistolet que vous avez encore dans votre paletot. Voilà votre noble tactique.

— Monsieur Simaï, vous avez étudié Machiavel, en Italie ; votre œil perce le front du voisin et photographie la pensée. On devrait vous parler avec un masque et en pantomime, car la perception de votre oreille est si délicate, que vous surprenez aussi la pensée dans l'inflexion de la voix. Vous êtes un homme terrible. Devant cette perspicacité fabuleuse, il faut s'incliner et la payer de franchise. Oui, j'ai voulu vous pousser à bout et vous tuer dans le cas de légitime défense... Tiens ! il le croit,

l'imbécile !... Mais que voulez-vous que je fasse de
votre mort et d'un gibier tel que vous? Est-ce que
vous valez la peine qu'on vous tue? A l'état de vivant, vous n'êtes rien pour moi ; à l'état de cadavre,
vous seriez quelque chose : un remords! En ce mo
ment, j'ai besoin de vous... Voyons, devinez pourquoi, vous qui êtes si fin ?

— Vous avez besoin de moi? demanda Simaï
d'un air étrange.

— Oui. Aussi, je ne vous quitte pas. Vous m'êtes
trop précieux; vous êtes mon homme providentiel...
Oh! je puis vous dire cela, parce que la fin de ce
our verra s'accomplir bien des choses !... et alors
tant pis!... C'est à moi que je parle... une paren-
thèse... Ne faites pas attention... Je m'adresse à
vous, maintenant... Ce matin, j'avais un chagrin...
violent... je ne trouve que ce mot dans le vocabulaire... *violent* est faible...

— Et quel chagrin ? demanda Simaï.

— Oh! vous ne l'avez jamais eu celui-là, vous !
Simaï devint pâle et fit un mouvement.

— J'avais fait un petit chef-d'œuvre de paysage,
un coucher de soleil qui aurait éteint Claude, et mon
jeune chien qui cherchait un joujou dans ses ennuis,
a mis mon chef-d'œuvre en vingt livraisons! Il
n'existe plus ! Je lui avais promis la médaille d'or du

salon de 1859. J'ai cru un moment que Corot, Daubigny ou Cabat ont graissé la patte à mon Érostrate de chien... Je voulais me tuer, comme l'architecte du temple d'Éphèse, et je cherchais un suicide honorable, lorsqu'une jolie femme de chambre arrive et m'annonce qu'un malfaiteur, armé jusqu'aux dents, arrête mes voisins dans un salon, et leur demande la bourse ou la vie. Jugez de mon bonheur ! Allons nous faire tuer ! me suis-je dit, et j'économise un suicide ! Il faut bien être économe une fois dans sa vie ! Je fais trois bonds, j'arrive et je vous reconnais du premier coup... Alors je vous enlève... parce qu'on va se marier dans cette maison.... et il ne faut pas troubler la veillée des noces... je vous entraîne donc ici comme mon sauveur, mon libérateur, ma providence, et je m'accroche à vous comme le naufragé à la pointe d'un écueil. Que va-t-il arriver entre nous ? Je n'en sais rien; mais il y aura toujours bénéfice, profit et diversion pour moi.

— Ma foi ! dit Simaï; deux hommes ne peuvent pas se rencontrer plus à propos. J'en ai assez de la vie... elle m'est insupportable et odieuse... pourquoi ?... c'est mon secret... La société ne veut pas de moi, et moi je ne veux pas d'elle... j'apprends que... un... de mes amis, un riche avare, se marie... et épouse une... dot de plus d'un million... cela me paraît une fable, un conte... une absurdité...

— Une absurdité qu'un homme se marie ? interrompit Octave.

— Enfin, je n'en dis pas davantage, reprit Simaï; une absurdité, c'est le terme... il ne m'en avait pas soufflé un mot, le misérable !... ma tête se monte... j'arrive, et je ne doute plus; il était là, buvant le champagne avec deux femmes laides à faire peur. Je l'ai insulté, je l'ai traité comme un chien de Constantinople ; je voulais l'exciter à se battre avec moi, à se battre à mort, jusqu'à nous dévorer, et à nous faire mettre en terre tous deux dans la même fosse ! Le lâche a dans les veines du jus de nénufar; il n'a pas plus bougé que cet arbre. Heureusement, vous êtes arrivé, vous, et tout ne me manquera pas.

Octave avait écouté cela comme le récit d'un rêve fiévreux. Il y eut un instant de silence.

— Ce jeune homme qui va se marier, dites vous, était votre ami ? demanda Octave d'une voix tremblante,

— Et certainement, dit Zoar ; on peut avoir des amis partout, je n'ai pas toujours été pauvre ; pas toujours habillé, ou pour mieux dire, deshabillé comme saint Labre. J'ai joué mon rôle de dandy.

— Et qui vous a ruiné ? les femmes ?

— Oh! non.

— Le jeu ?

— Je ne joue jamais.

— La Bourse ?

— Je ne la connais pas.

— La table ?

— Je suis sobre.

— Je ne devinerai jamais, si vous ne m'aidez pas.

— Je ne vous aiderai pas.

— Encore un mot, et puis, nous réglerons notre affaire de Naples... Vous avez, dites-vous, trouvé le jeune marié votre ami, avec deux femmes très-laides ?

— Oui.

— Il y avait une blonde et une brune ?

— Ah ! je n'ai pas remarqué leurs cheveux, ni même leurs figures.

— Mon pauvre jeune homme, je vous crois un peu fou ; dit Octave avec commisération.

— Non, je ne suis pas fou ; je suis malheureux ; reprit Simaï, avec un ton de mélancolie navrante.

Octave prit le pistolet dans la poche de son paletot, et l'arma.

— Oh! je ne vous crains plus, maintenant, dit Simaï ; je viens de voir briller une larme dans vos yeux. Votre arme ne me fait pas peur,... et puis

comme elle doit être douce, la mort, quand on a trop
fatigué sa vie!... La tombe est le meilleur des lits
de repos.

Octave étendit son bras à sa droite et fit feu.

— La mort vient de passer là, dit Simaï, en montrant la direction de la balle, et la mort n'a rendu
service à personne... une mort perdue!

— Maintenant, dit Octave, nous pouvons parler
de notre duel de Naples, en toute sécurité. La partie est égale. On a beau ne pas tenir à la vie, on
aime toujours à mourir régulièrement... Voyons...
j'ai deux témoins excellents... deux hussards... des
témoins omnibus... Ils logent près d'ici... Vos armes
seront les miennes; vous êtes l'insulté, ne perdons
pas de temps... Oh! mon Dieu! vous ne sauriez
dire ce que je souffre!...

— Oui, vous êtes devenu tout à coup horrible-
ment pâle, dit Simaï avec douceur et en se rapprochant.

— J'ai les pressentiments des hommes nerveux,
reprit Octave... Il se passe en ce moment quelque
chose d'affreux pour moi... l'air me le dit à l'oreille.

— Et vous tenez donc beaucoup à ce duel? demanda Simaï.

— C'est mon seul remède en ce moment.

— Et vous voulez me tuer pour vous guérir?

— Je veux ce que voudra ma destinée.

— Quant à moi, je suis tout réconcilié avec vous, mais si vous tenez à vous venger du soufflet que j'ai reçu, allons chercher les deux hussards. Vous pouviez me livrer à la justice, vous ne l'avez pas fait! vous pouviez me tuer, pour mettre de votre côté les chances favorables de votre duel, ici, dans ce bois désert, et vous avez laissé vivre celui qui peut vous donner la mort dans un instant... Tenez, monsieur Octave, je suis un être profondément dégradé... Quand les bons instincts me reviennent, je rougis de moi-même, et il ne me reste plus la moindre goutte de venin au fond du cœur. J'ai assisté plusieurs fois à l'exécution des grands criminels... Ces hommes dont la vie fut faite de crimes affreux... Eh bien! en écoutant une bonne parole, au moment de l'agonie, ils pleuraient comme des enfants, et redevenaient honnêtes. Si on leur eût fait grâce, ils auraient bien vécu... L'homme n'est pas si mauvais qu'on le croit... Les plus pervertis gardent toujours un souvenir de l'alcôve de leur mère, et ce souvenir suffit pour réveiller les remords et préparer le repentir... Voulez-vous me faire grâce sur l'échafaud?

— Moi, monsieur!... mais si vous n'exigez rien, vous, je n'ai plus rien à vous demander... Seule-

ment, personne ne m'accordera ma grâce, à moi
qui suis innocent. Cet entretien fiévreux que nous
avons me surexcite et me fait vivre en apparence.
Mais quand je n'aurai plus devant moi un homme
comme vous, mystérieux et fatal; une apparition
qui me donne en plein jour les âpres sensations des
mauvais rêves, je vais retomber dans un désespoir
mortel... Voyez tomber le soleil à travers l'éclaircie
de ces arbres... Eh bien! à mesure que je lui vois
descendre un échelon de ces rameaux, un bec de
vautour m'arrache un lambeau du cœur, et quand
le soleil aura disparu, le cœur tout entier sera dévoré... Un ange de beauté donnant des sourires à
un homme!... Un mari, un maître revêtu d'un pouvoir formidable... Une épouse soumise comme une
esclave... Des yeux ardents qui ne rencontrent plus
de voiles... Des caresses qui donnent l'extase... Des
révélations qui éblouissent... Des voluptés qui n'ont
pas même de nom, dans la langue du bonheur!...
Oh! je suis fou!... la nuit va venir; elle est intolérable la jalousie qui tombe des étoiles? non, non, je
ne verrai pas le soleil de demain.

Octave se laissa tomber sur le gazon, en plon-
geant ses mains convulsives dans ses cheveux dé-
vastés.

— Pauvre jeune homme! dit Simaï ému, et

n'osant prendre la main d'Octave, pauvre enfant!...
attendez... je crois comprendre... Vous aimez?
n'est-ce pas?

— Belle question! dit Octave, à voix basse.

— Une femme?

— Eh! qui donc voulez-vous que j'aime!

— Bon!... celle que va épouser Auguste?

— Oui.

— Eh bien! croyez-moi, monsieur Octave, ce
mariage n'est pas encore fait, croyez-moi.

Octave releva son torse et regarda son étrange
interlocuteur.

— Ne perdez pas espoir.

— Mais je ne croyais pas aussi à ce mariage, dit
Octave, et il a fallu bien enfin se rendre à l'évidence. Tout est prêt, et les époux de demain sont
des amants aujourd'hui... tout leur est permis...
tout... La bénédiction nuptiale arrive ensuite;...
je vous dis qu'ils sont déjà mariés... mariés dans le
sens profane du mot,... ah! c'est horrible!

— Et moi, je dis, ah! c'est impossible!

— Pourquoi?

— Vous en demandez trop. Contentez-vous de ce
que je vous dis... Tenez, monsieur Octave, vous
êtes un excellent garçon, et si ma main était digne
de serrer la vôtre, je la serrerai avec énergie pour

donner plus de force à mon serment... Je vous jure, non pas sur mon honneur, mais sur le vôtre, qu'Auguste n'épousera pas cette femme.

— Et qui fera obstacle !

— Moi... Cela vous étonne... je suis un misérable, c'est vrai, mais ma détestable individualité pourra être bonne à quelque chose. On ne guérit pas les maladies incurables avec des parfums ; on les guérit avec des poisons. Je vous guérirai.

Octave réfléchit, regarda le ciel, soutint une lutte intérieure, et dit :

— Il m'est impossible d'accepter un secours de la main d'un homme qui se flétrit lui-même. Je vous plains, monsieur ; je ne connais pas la nature des fautes que vous vous reprochez à vous-même, mais si je puis aider votre repentir et votre retour au bien, je le ferai de grand cœur. Il y a le même remède pour les maladies morales et physiques ; le changement de climat. Je vous prêterai de l'argent... la somme qu'il vous faudra pour aller vivre dans les pays lointains, où votre honteux passé n'étant connu de personne, vous vous ferez aisément un honnête avenir.

— J'en doute, dit Simaï, avec un soupir.

— Tenez, reprit Octave, en ouvrant un portefeuille, j'ai, depuis cinq jours, mon viatique en poche; prenez ceci, et ne doutez plus.

— Mais ce n'est pas de vous que je doute, dit Simaï, en repoussant le portefeuille; c'est de moi, ma conversion est impossible.

— Eh bien! il m'est impossible alors d'accepter de vous la moindre assistance. Laissez-moi.

Simaï inclina la tête, et s'interrogea longtemps; puis se relevant avec énergie, il dit :

— Je connais dans les vallons déserts de Calabre ou de Sicile de petites chaumières isolées, où l'homme résolu à tout peut vivre comme un ermite, loin de toute fréquentation... j'irai vivre là. Je vous le jure. Si le repentir est un second baptême devant Dieu, je me repens; si l'expiation nous renouvelle, je suis prêt à l'expiation... Maintenant me sera-t-il permis de vous sauver du désespoir?

Octave garda le silence, et se soumit à lui-même un nouveau cas de conscience, avec lequel le rigide casuiste ne crut pas devoir transiger.

— Et moi aussi, dit-il, j'ai juré de laisser s'accomplir ce mariage, sans le troubler. Rien ne peut me délier de ce serment; un serment écrit et signé. Ainsi de toute manière, votre offre est inacceptable; mais je vous en suis toujours reconnaissant.. Persistez dans vos bonnes résolutions, et acceptez ceci pour...

— Je n'accepte rien ! dit Simaï qui parut obéir à une inspiration nouvelle ; tout est mis à néant. Cette minute nous retrouve vous et moi tels que nous étions au début de cet entretien... Où sont vos armes ? où sont vos témoins ? Cherchez ce qu'il faut, pour un duel à mort. Je vous attends... dans une heure, vous me reverrez ici, à cette même place, et l'un de nous deux y trouvera le repos éternel.

Ce brusque changement fit peu d'impression sur Octave ; sa pauvre tête d'ailleurs était trop bouleversée, et la réflexion ne pouvait s'y loger un seul instant, il accepta par un signe de tête, sans s'inquiéter du reste, et faisant un léger signe de la main, il partit, en disant:

— A bientôt !

Simaï tira de sa poche un calepin, en déchira une page, écrivit trois lignes au crayon, et chercha sur la limite du village un messager champêtre, qui pût remplir, avec intelligence, l'office de facteur.

XV

Une heure écoulée, Octave arriva áu rendez-vous avec cette exactitude rigoureuse qui est la première loi du duel. Il n'est pas permis de faire attendre, quand la mort menace.

Les deux hussards, aisément reconnus par Octave, s'étaient empressés d'accourir au premier signe. On s'enfonça dans le bois, et la bonne place trouvée, on s'arrêta.

— Il a donc toujours des duels, ce brave jeune homme! pensaient les deux hussards; quelle mauvaise tête!

Simaï accepta les pistolets.

On confia les armes aux témoins qui les chargèrent sous les yeux d'Octave, pour éloigner tout

soupçon de fraude amicale. Les balles ne mentaient
pas ; elles étaient de vrai plomb.

— Mes camarades, disait Octave, ce n'est point
un duel de conscrit, que vous allez voir. C'est un
combat à mort. Vous portez la médaille de Crimée,
ainsi ce petit jeu ne vous fait pas peur. Vous en
avez vu bien d'autres.

— C'est égal ! dit l'un des hussards ; j'aime mieux
une bataille qu'un duel sérieux.

L'autre comptait vingt pas, et marquait les deux
places avec une ligne de petits cailloux.

Les témoins tirèrent au sort pour les combattants,
et Octave fut favorisé.

— Je jouerai de malheur jusqu'à la fin, dit-il, en
riant.

Il visa son adversaire un peu au hazard, et fit feu.

— Rien, dirent les témoins.

La balle coupa une branche à un mètre au-dessus
de la tête de Simaï, qui dit :

— Voilà une branche plus heureuse que moi !

Et il la ramassa précieusement comme une relique, en détacha une mince tige et s'en décora.

— A vous donc ! lui cria Octave.

Simaï prit la pose expérimentée d'un héros de tir,
abattit lentement son arme, mit le point de mire

dans la bonne ligne visuelle, et, relevant tout à coup le pistolet, il dit aux témoins :

— Vous êtes bien pâles tous deux ! Allons, vous avez un bon cœur ; vous vous intéressez à ce jeune homme et vous avez raison... Écoutez ceci et répandez-le partout. Ce matin, je suis entré dans la maison de M. Lebreton, ici tout près ; il y avait deux jeunes femmes qui ont eu peur de moi... vous voyez que mon uniforme n'a rien de rassurant... Ce brave jeune homme que vous voyez là... M. Octave est venu au secours de ces deux femmes, et, pouvant me tuer, il est descendu jusqu'à consentir à se battre avec moi, lui riche et heureux, moi pauvre et avili ! Est-ce beau cela ! Vous le raconterez à votre régiment, à toute la garnison, à toute la ville, n'est-ce pas ? Merci, mes camarades ; je me retire en Sicile, au Val di Nota. Nous ne nous reverrons plus. Je tire le canon d'adieu.

Et il déchargea le pistolet dans les arbres, en saluant les deux hussards.

Octave écoutait et regardait avec une surprise qui ressemblait à de l'admiration.

Les deux hussards battirent des mains et demandèrent si leur présence était encore utile. Octave leur fit un signe négatif et leur serra les mains.

Simaï se tint à l'écart.

Quand les deux adversaires furent seuls, Simaï dit :

Monsieur Octave, votre serment ne peut pas vous empêcher de subir, malgré vous, ce que je viens de faire. Vous n'avez pas trempé dans mon stratagème et vous en aurez le profit malgré vous. Demain, tout le monde saura ce que vous avez fait. Je connais peu les femmes, mais je crois qu'elles ont du cœur comme les hommes, et votre récompense viendra.

— Votre service est inutile, mais je vous en sais gré, dit Octave.

— Inutile ! inutile ! Eh bien ! écoutez... Malgré vous et à votre insu, par respect pour votre serment, j'ai écrit un petit billet à Auguste, pour lui demander un rendez-vous, à la minute... Savez-vous ce que mon messager m'a rapporté de la maison ?

— Parlez, parlez vite...

— Auguste n'est plus chez M. Lebreton ; il est parti, il s'est enfui comme un lâche, et poursuivi par les malédictions d'une famille. Le désordre est à la maison ; le mariage est à jamais rompu. On dit aussi que la petite est malade ; il n'y a rien d'étonnant ; la scène de ce matin a été chaude. On a fait venir un médecin de Paris, mais un médecin faux ; c'est vous qui serez le vrai. Les domestiques vous regardent comme un dieu sauveur ; on obtient tout

12

dans une maison, quand on a les domestiques pour
soi. Monsieur Octave, il ne reste plus que moi de
malheureux. Le soleil se couche, et se lèvera demain, aussi brillant que vous. Je vais voyager aux
étoiles avec plaisir, car vous ne souffrirez pas de la
jalousie de la nuit. Me permettez-vous de vous dire
adieu, sans vous serrer la main?

Octave ressuscitait par secousses, et n'osait douter, car la parole de Simaï portait la vérité avec
elle.

— Voici pour votre ermitage du val di Nota, dit-
il, en donnant son portefeuille à Simaï; et si vous me
promettez une dernière fois, devant ce soleil qui se
couche, de vivre honorablement, je vous permets de
me serrer la main.

— Simaï poussa un cri de joie et serra la main
d'Octave, en disant :

— Cette main d'honnête homme m'a guéri!...
adieu.

Octave suivit quelque temps des yeux ce person-
nage étrange qui venait de jouer dans sa vie un
rôle si court et si décisif. Le malheureux avait reçu
l'argent avec une sorte d'indifférence, ayant plutôt
l'air d'obliger le bienfaiteur que d'être obligé lui-
même, et donnant ainsi un certain crédit au dicton :
L'argent ne fait pas le bonheur.

Quand la nuit tomba, Octave trouva un expédient pour s'assurer plus complétement de la vérité du récit de Simaï. Il se ménagea avec adresse un entretien avec Rose, et là tout fut confirmé. Seulement la femme de chambre, émue par les souffrances d'Octave, n'osa pas donner le vrai bulletin de la santé de Louise; elle se contenta de parler d'une légère indisposition qui n'avait rien d'alarmant. Octave rentra dans son atelier, regarda le portrait, et lui donna toutes ses plus chaudes caresses, comme un à-compte sur l'avenir.

XVI

Le docteur s'était installé chez M. Lebreton, pour se consacrer exclusivement à la guérison de Louise. Trois jours s'étaient écoulés et la raison n'était pas revenue. Les symptômes d'aliénation mentale avaient succédé au délire de la fièvre; les yeux de la pauvre fille étaient bouleversés par un égarement sinistre, et quand une parole sourde tombait de ses lèvres, elle s'adressait toujours ou à l'amant ou au mari. Ceux qui écoutaient ces confidences des rêves, pleuraient, en désespérant de la guérison.

Le docteur *** à peine âgé de trente-cinq ans, est un des praticiens les plus distingués de cette illustre Faculté de Paris, la première du monde. Il entre dans la chambre d'un malade avec ce calme et cette sérénité de visage qui rassurent la famille et semblent annoncer la guérison. Sa visite est le meilleur de ses remèdes; l'air de santé qui flotte autour de lui dissipe les miasmes de l'alcôve et fait croire au privilége d'une contagion salutaire. Le malade accablé par les langueurs de la nuit, le regarde entrer avec un sourire comme s'il était l'ange de la guérison. Aussi peut-on dire de lui que ce n'est pas souvent la médecine qui guérit, c'est le médecin.

Il était donc devenu le commensal de M. Lebreton, et prenait ses repas en tête à tête avec lui, car Mlle Agnès ne quittait pas l'appartement de sa cousine. Le quatrième jour, le malheureux père, entraîné par la conversation, dit au docteur :

— Au moment où je croyais marier ma fille, j'ai fait le bilan de ma fortune, et comme je suis de ceux qui se sont enrichis honorablement, je n'ai à dissimuler aucun chiffre... Je possède huit millions et même quelque chose en sus...

— Peste! dit le docteur, l'industrie vaut mieux que la médecine.

— Eh bien! monsieur le docteur, je vous ai enlevé violemment à votre grande clientèle...

— Non, interrompit le docteur, vous ne me portez aucun préjudice..Nous sommes dans la morte saison... Nous appelons ainsi la saison où on ne

12.

meurt pas. J'allais prendre mes vacances du côté du Rhin, soit à Bade, soit à Ems. Beaucoup de mes confrères font déjà l'école buissonnière en Allemagne. Vous voyez que je ne vous fais aucun sacrifice. Et d'ailleurs notre malade n'est pas une malade ordinaire. Comme on se porte toujours très-bien chez vous, M. Lebreton, je n'avais pas vu Mlle Louise depuis deux ans. C'est un miracle de beauté. La Faculté en masse devrait s'associer pour rendre la raison et la vie à cette admirable enfant. On n'a pas toujours entre les mains un pareil chef-d'œuvre à soigner. Le jour de sa guérison sera le plus beau de ma vie.

— Ainsi vous espérez, docteur? demanda le père d'une voix tremblante.

— J'espère en Dieu, j'espère en sa jeunesse, j'espère en mes soins, dit le docteur avec un ton ferme et convaincu.

— Eh bien! cher docteur, si vous guérissez ma fille, la moitié de ma fortune est à vous; vos soins ne seront pas payés.

Le docteur tressaillit et fit le mouvement d'Hippocrate refusant les présents d'Artaxercès.

— Mon offre est sérieuse, ajouta le bon père ; celui qui dit je donne toute ma fortune ne donnera jamais rien. Un spoliateur n'aurait pas le courage d'accepter. Ma promesse est dans des conditions acceptables, et je la maintiens.

Après un moment de silence, le docteur agita la pointe d'un couteau sur le bord d'une assiette, et dit avec nonchalance.

— Vous n'avez absolument rien omis dans les détails que vous m'avez donnés le premier soir.

— Rien, docteur.

— C'est que voyez-vous, monsieur Lebreton, le moindre oubli pourrait m'égarer sur le chemin de la guérison. Je ne veux pas faire fausse route, faute d'un petit renseignement.

— Je crois avoir tout dit ; répliqua le père, en se frottant le front.

— Ainsi... par exemple, reprit le docteur, comme illuminé par une idée soudaine ; ainsi, vous croyez que votre fille n'était pas éprise de ce jeune homme ? de cet Auguste ?

— Éprise d'Auguste ! Oh ! cher docteur ; ma fille a été élevée dans les principes les plus sévères : quelques jours seulement avant le jour fixé pour le mariage, je me suis un peu relâché dans ma surveillance ; mais j'ose affirmer que le mot d'amour n'a jamais été prononcé entre elle et lui. C'était des deux parts une timidité poussée jusqu'au ridicule. Auguste était encore plus demoiselle que ma fille, au

point qu'au moment de se marier, ainsi que je vous
l'ai dit, il a eu peur du mariage, et a tout laissé à
l'abandon. Vous concevez quel coup affreux pour la
tête de ma pauvre fille ! la corbeille prête, les cadeaux faits, les bans publiés, un assortiment complet de robes, de châles, de fourures ; tout ce qui
fait tourner la cervelle des jeunes femmes, et puis
une lubie tombe dans la tête de ce poltron de fiancé,
tout s'écroule ; plus de mariage ; alors crise violente,
spasme, fièvre, délire, transport au cerveau. Cela
se conçoit. Mais d'amour pour le jeune homme ! Oh !
pas l'ombre ! Vous connaissez le cœur des femmes,
docteur... Ma femme m'a avoué un jour qu'elle ne
s'était mariée que pour avoir un châle de l'Inde ; et
l'amour chez elle est venu plus tard.

. — Cependant, dit le docteur, j'ai cru surprendre,
au moment des crises nerveuses, quelques paroles
de... tendresse... qui m'ont paru... indiquer.

— Ah ! oui, oui, interrompit le père... des mots
sans suite... des mots d'opéra... elle sait toutes ces
bêtises de théâtre par cœur ; elle les chante à son
piano... *mon bien-aimé... mon Fernand... grâce pour
lui-même,* que sais-je moi ! on n'entendait que cela
dans la maison, surtout depuis le dernier concert...
mon Fernand toutes les richesses de la terre... vous
connaissez l'air, docteur ?

— Oui, je reconnais l'air aux paroles.

— Eh bien! dans les maisons les plus honnêtes on chante ces balivernes, depuis la maîtresse jusqu'à la fille du portier... ensuite, s'il y a transport au cerveau, on continue dans le lit. Voilà.

— Oui, dit le docteur satisfait; cette explication me paraît assez bonne. Autrefois, toutes les jeunes filles aimaient Télémaque, aujourd'hui elles aiment un héros d'opéra. Toujours l'idéal.

— Toujours l'idéal! répéta M. Lebreton, sans savoir ce qu'il disait.

— Allons faire notre seconde visite; reprit le docteur, en se levant.

— Je pense qu'elle doit dormir, dit le père; Rose vient de me faire le signe, elle dort.

— Il faut étudier son sommeil; c'est essentiel. Un sommeil tranquille serait un premier indice de guérison.

Le docteur et M. Lebreton montèrent aux apparteménts

Grâce aux soins attentifs d'Agnès, une fraîcheur douce régnait dans la chambre de la malade. La chaleur était actuellement au dehors.

Agnès assise à côté du lit, se leva comme à regret, et céda sa place au docteur, en le saluant d'un air

glacial. Un léger trépignement de pieds se fit même
entendre sur le tapis.

Le docteur eut l'air de ne rien remarquer.

Louise, couchée sur le côté droit, le visage tourné
vers la ruelle, dormait d'un sommeil assez pai-
sible. Le docteur se pencha sur elle pour écouter sa
respiration, et en se relevant il fit un signe de tête
et un geste qui rassuraient.

Le père répondit par un sourire mouillé de larmes,
et montra du doigt au docteur une partition ouverte
sur le piano. C'était la *Favorite* ouverte à l'air, *O
mon Fernand !*

Ce piano muet était triste à voir, dans cette chambre, où régnait le silence de la désolation.

Le docteur n'ordonna rien, cette fois, et sortit
avec M. Lebreton.

Agnès respira, elle avait une de ces idées de femme,
une de ces idées, qui paraissent folles d'abord, et
qui ne sont reconnues sages qu'après l'événement.
En toute autre occasion, l'ardente jeune fille aurait
fait éclater une révélation inattendue, mais le silence
était le premier devoir de cette maison de deuil; il
fallait se taire, et attendre des jours meilleurs, si
Dieu les envoyait.

Marchant sur la pointe des pieds, Agnès arriva aux

rideaux de la fenêtre, les entr'ouvrit et, à travers la persienne, jeta un regard sur le parc.

Au-dessus d'un massif de chênes nains une tête se fit reconnaître du premier coup par l'œil pénétrant d'Agnès.

A l'espionnage, on devinait facilement l'espion.

Agnès écarta doucement la persienne, et montra son visage et une petite main qui faisait un salut d'amitié.

Le massif de chênes nains répondit en s'agitant, comme si l'âme d'Octave eût donné la vie à cette végétation. Le bras du jeune homme se leva au-dessus de la verdure et se tordit en point d'interrogation.

Le télégraphe a été inventé par l'amour.

Agnès inclina sa joue sur sa main droite, mit son mouchoir de batiste sur sa tête, et de l'autre main le fit soulever avec une lenteur calme et mesurée. Octave répondit, en joignant les mains, et en levant ses yeux au ciel.

Agnès fit un nouveau salut, et un mouvement qui, en rétablissant la persienne dans son premier état, signifiait : — Assez pour aujourd'hui, soyez content.

Octave comprit qu'il fallait obéir avec convenance, et il rampa sur le gazon jusqu'aux fourrés sombres

du parc, et quand il ne redouta plus d'être découvert, il se leva et gagna le mur de cloture qui domine la rivière. Il franchit ce mur avec l'agilité d'un
écolier en vacances, et descendit sur la berge. C'était
un chemin de traverse qu'il avait trouvé le matin,
pour éviter la grille et les sentiers frayés de cette
maison de campagne. Une chose mettait le comble
à sa joie; il venait d'entrer, par un miracle inexplicable, dans les bonnes graces de Mlle Agnès, cette
intraitable gardienne de Louise. Il comptait donc
deux amies très-utiles, Rose et la belle cousine, ce
dragon du jardin des Hespérides.

Agnès, l'amazone aux nobles sentiments, avait
voué toute son estime et son admiration à l'héroïque jeune homme qui les avait tous délivrés de
ce formidable malfaiteur, dont l'image semblait encore s'agiter, comme une ombre infernale, sur les
murs de cette maison.

XVII

Le lendemain, à l'heure charmante où la nature parée des perles matinales nous réveille pour se faire admirer dans l'éclat tranquille du ciel, la fenêtre de la chambre de Louise s'ouvrit avec lenteur pour laisser entrer l'arôme des fleurs et ·la brise de l'aurore dans l'alcôve de la jeune malade. Agnès parut un instant au balcon et joignit ses mains, en disant tout bas :

— C'est toujours lui.

Elle avait reconnu Octave dans le lointain.

Louise paraissait dormir d'un sommeil tranquille; la nuit avait été bonne, l'incarnat de la fièvre semblait s'éteindre sur ce visage céleste, et faire place insensiblement aux douces nuances de la santé.

13

Agnès entra dans l'oratoire, et montrant le côté du parc, elle fit à Rose le signe qui voulait dire :

— Il est encore là !

— Mais ce pauvre jeune homme va se tuer! dit Rose à l'oreille d'Agnès.

— C'est déjà fait; il ne vit plus! répondit Agnès, en se servant de la même précaution pour ne pas troubler le sommeil de Louise par le moindre bruit.

L'entretien continua ainsi à voix très-basse.

— Voilà un amoureux ! dit Rose.

— Un de ces amoureux qui font croire à l'amour, reprit Agnès, et il n'est pas heureux.

— Oh! dit Rose, laissez rétablir mademoiselle, et il fera son chemin... Voyez-vous, mademoiselle Agnès, quand un homme aime avec cette passion une jeune fille, il est bien près d'être son mari.

Agnès soupira et regarda le plafond.

— Pardon, mademoiselle, poursuivit Rose, est-ce que vous croyez au retour de cet abominable coquin d'Auguste?

— Non; mais je crois à l'arrivée d'un charmant honnête homme qui me paraît bien dangereux.

Rose ne répondit rien, mit un doigt sur sa bouche, et chercha ce nouveau venu dans sa mémoire.

— Rose, vous ne devinez pas? demanda Agnès.

— Non, mademoiselle, et pourtant je ne suis pas maladroite pour deviner un amoureux.

— Eh bien ! croyez bien ceci... le docteur est amoureux de Louise.

— Ah! mon Dieu! que me dites-vous là! Est-ce qu'un médecin peut aimer sa malade?

— N'y en aurait-il qu'un, c'est le nôtre... Mais vous ne remarquez donc rien, Rose?

— Non, mademoiselle; mais en y réfléchissant bien, je crois que tous les hommes peuvent devenir amoureux de ma jeune maîtresse; elle a cinq cent mille francs de dot, et cela peut donner de l'amour aux plus aveugles et aux plus froids.

— Certainement, dit Agnès, la dot est pour beaucoup dans l'affaire ; un docteur de trente-cinq ans, qui fait un pénible métier pour gagner de l'argent, à vingt francs la visite, peut arriver tout de suite à la fortune, en épousant une héritière millionnaire; mais notre docteur est un homme délicat, et s'il n'aimait pas Louise, il se persuaderait qu'il en est fou, afin de ne pas se flétrir à ses propres yeux, en faisant un mariage de spéculation, un commerce honteux à propos de maladie.

— Oui, mademoiselle Agnès, je suis de votre avis, et cela me fait trembler pour ce pauvre Octave...

— Et pour le médecin aussi, interrompit Agnès.

Octave y perdra ce qui lui reste de raison, il tuera le docteur, et M. Lebreton, qui aime la tragédie, en verra jouer une chez lui.

— Et vous croyez que M. Lebreton donnerait sa fille au docteur ?

— Mais, ma bonne Rose, tu ne connais donc pas mon oncle ! il a déjà crié par-dessus les toits qu'il donnerait sa fortune pour la vie de sa fille...

— Oh ! c'est une façon de parler qui n'engage à rien, remarqua Rose ; on dit qu'on donne sa fortune, et après la guérison on donne mille écus.

— Ou on donne sa fille, ce qui est plus aisé, reprit Agnès.

— Si la fille se laisse donner, dit Rose.

— Les femmes un peu romanesques, poursuivit Agnès, aiment toujours ceux qui leur sauvent la vie ; elles ont vu arriver cela dans les livres et au théâtre. Louise sait les romans et les opéras par cœur. Ainsi, elle ne cesse d'admirer, dans *Guillaume Tell*, Mlle Mathilde, la fille de l'empereur d'Autriche, laquelle est amoureuse d'un petit berger suisse qui lui a sauvé la vie un jour d'avalanche.

— Oui, je comprends cela, dit Rose ; il y a une manière de sauver la vie qui peut exalter la tête d'une jeune fille, et bien disposer son cœur en faveur d'un homme. Ainsi, je pourrais peut-être ai-

mer un homme qui ferait l'action courageuse d'Octave, mais aimer un docteur parce qu'il a fait son
métier, en griffonnant des ordonnances, bonnes
pour la guérison comme pour la mort, au choix de
Dieu, ah! voilà ce qui ne m'arriverait pas! et
Mlle Louise n'est pas femme à se dévouer ainsi, par
reconnaissance pour des potions calmantes et des
bains. Je la connais.

— Soit, je veux bien l'admettre, reprit Agnès;
mais le docteur a déjà toute la sympathie du père;
voilà ce que je vous apprends, puisque vous l'igno-
rez. M. Lebreton ne croit pas être père tant qu'il
n'aura pas marié sa fille. C'est sa lubie. Le docteur
est charmant, distingué, spirituel; il est homme à
exploiter une convalescence avec une adresse parfaite, dans un but matrimonial. Louise a, comme
son père, la lubie du mariage. Au théâtre, quand le
rideau tombe sur *l'hymen* obligé d'Arthur et d'Émi-
lie, Louise me dit toujours : « Qu'ils sont heureux !... » Vous riez, ma bonne Rose?

— Je ris parce que vous dites vrai.

— Eh bien! qu'y aurait-il d'étonnant, si Louise,
encouragée par son père, se mettait en devoir d'aimer un docteur qui a tout le charme d'un homme
du monde, et fait oublier ses ordonnances de médecin par son esprit d'amoureux.

— C'est juste, remarqua Rose.

— Voilà le danger, reprit Agnès ; il faut donc sauver ce pauvre Octave de ce danger, et ne pas continuer la tragédie jusqu'au récit de Théramène.

— Sauvons Louise et Octave, dit Rose, je ne demande pas mieux ; mais comment ?

— Vous allez voir, Rose... Avez-vous étudié le docteur ?

— Pas trop... mais enfin, aidez-moi.

— Voici, Rose. Le docteur est un de ces hommes qui aiment à faire de la galanterie à droite et à gauche, à débiter des circulaires de compliments et de madrigaux.

— Oui, dit Rose, le docteur est un homme de femmes.

— Votre expression est juste, poursuivit Agnès; le docteur est un fat charmant, qui commence par être amoureux de sa petite personne, pour décider les femmes à suivre son exemple et à l'aimer.

— Oui, mademoiselle Agnès, je crois qu'il est bien observé.

— Le docteur est un homme, reprit Agnès, qui a toujours à la bouche des citations de *Phèdre,* ce qui enchante M. Lebreton... Vous ne connaissez pas *Phèdre,* vous ?

— Non, mademoiselle.

— Tant mieux ! C'est une tragédie qui persuade aux hommes que les femmes ont le diable au corps, et qu'elles ont, pour le sexe laid, des passions charnelles indomptables. Quand on joue *Phèdre*, tous les hommes prennent des poses superbes dans les loges du théâtre, et se font admirer.

— Ces imbéciles, remarqua Rose.

— Enfin, on peut exploiter cette fatuité classique... Le docteur est amoureux de Louise, ce qui ne l'empêche pas de me décocher un madrigal, dans l'occasion.

— Comment donc ! dit Rose, il ne se gêne pas davantage avec moi !... Encore hier, dans l'escalier, il s'est permis de... Enfin, vous avez raison, mademoiselle Agnès... c'est un homme de femmes.

— L'autre soir, reprit Agnès, il se promenait sur la terrasse, avec Mme de Gérenty, et je l'ai entendu lui citer ces vers de je ne sais qui :

> ..... O miracle des belles,
> Je veux vous enseigner un nid de tourterelles !

— Mais c'est un homme abominable ! dit Rose.

— C'est un homme, reprit Agnès, et je veux lui prouver que je suis une femme... J'entends un bruit de bottes vernies dans l'escalier, c'est lui... Commençons.

Les deux jeunes femmes sortirent de l'oratoire, et le docteur, suivi de M. Lebreton, entra dans la chambre.

Agnès fit un signe au docteur, qui entr'ouvrit doucement les rideaux de l'alcôve, regarda Louise avec attention, et donna par un sourire radieux le bulletin de sa santé.

La belle jeune malade dormait toujours de ce doux sommeil qui rassure et fait croire à une prompte guérison.

Agnès montra à Rose son fauteuil de garde-malade et sortit, en suivant le docteur, comme elle faisait tous les matins, pour écouter le rapport sous les arbres de la terrasse.

— Nous allons assez bien, ce matin, dit le docteur; la maladie n'empire pas, elle suit une marche rétrograde. L'équilibre tend à se rétablir. J'ai deux excellents auxiliaires : sa jeunesse et sa forte constitution. C'est la Vénus de Milo; elle pourrait se passer d'Hippocrate; elle porte sa panacée en elle-même. On pourrait lui dire ce mot du vieillard de Cos : *Ægrotans, cura te ipsam...* Pardon, mademoiselle Agnès, il faut toujours qu'un docteur fasse une citation en latin.

M. Lebreton était dans l'extase; il serra la main du docteur, et lui dit :

— Je vous laisse avec ma nièce, il faut que j'é-
crive ces bonnes nouvelles à ma sœur ; nous nous
reverrons à déjeuner.

— Vraiment, dit Agnès, avec un sourire délicieux,
les malades sont moins à plaindre que les gens qui
se portent bien, lorsqu'ils rencontrent un médecin
comme vous.

— A votre âge, mademoiselle, dit le docteur, la
maladie n'est que le repos de la santé.

— N'importe ! reprit Agnès, la santé est une si
belle chose qu'il ne faut pas lui donner ce repos.

— Quelle est votre patronne, mademoiselle ?

— Sainte Agnès ; 21 janvier.

— Oh ! une martyre qui a bien souffert à Rome !
Eh bien ! la même ville vous a donné une patronne
meilleure, et qui n'a jamais souffert.

— Laquelle, docteur ?

— La déesse Hygie... Connaissez-vous les vers
qu'un poëte du dix-huitième siècle a faits sur votre
patronne païenne ?

— Non, je ne connais que les poëtes de mon
siècle.

— Écoutez ceux-ci.

— Asseyez-vous, docteur ; il faut être assis pour
dire des vers du dix-huitième siècle, et surtout pour
les écouter.

13.

— Oh ! la pièce est très-courte.

— Alors, elle est bonne.

— Voici, reprit le docteur :

Il est une jeune déesse,
Plus agile qu'Hébé, plus fraîche que Vénus ;
Elle écarte les maux, les chagrins, la tristesse,
Sans elle le bonheur n'est plus.
Les amours, Bacchus et Morphée
La soutiennent sur un trophée
De lierre et de pampres orné,
Tandis qu'à ses pieds abattue,
Rampe l'inutile statue
Du dieu d'Épidaure enchaîné.

— Docteur, dit Agnès en battant des mains, vous récitez admirablement les vers ; je parie que vous en faites...

— Oh !... j'en fais... en amateur, dit le docteur d'un air modestement orgueilleux, j'en fais pour le salon, et non pour le public.

— Je vous présenterai mon album.

— J'essayerai d'y mettre quelque chose digne de vous.

— Un quatrain suffit.

— Vous méritez un poëme.

— Un docteur poëte, c'est chose rare.

— Esculape est fils d'Apollon.

— Ah! c'est juste! et vous êtes fils d'Esculape, vous. Que de vers vous devez avoir adressés à vos belles malades après la guérison!

— Avant, toujours.

— Il paraît que vos vers sont dangereux. J'aime mieux attendre mon quatrain très-longtemps.

— Je ferai votre épithalame.

— Oh! docteur, je suis une vieille fille, j'ai vingt ans, et j'ai renoncé au mariage.

— Vous! renoncer au mariage! vous! la vivante expression de la beauté, de la grâce, de l'esprit!

— Ah! monsieur le docteur, je cherche mon idéal et je ne le trouve pas; notre siècle est pauvre en ce genre. Il y a beaucoup d'hommes, peu de maris et point d'idéal.

— Vous courez après un fantôme, mademoiselle.

— Peut-être.

— Ah! vous espérez donc atteindre votre idéal?

— La vie est un long espoir.

— Vraiment, mademoiselle, vous me rendez triste une matinée si belle; il y a une plainte dans votre organe si doux; il y a une douleur dans votre pensée, un nuage dans votre regard. A quoi donc servent la jeunesse, la beauté, la fortune? A changer en malheurs les dons du ciel.

— Ah! monsieur le docteur, dit Agnès avec un

long soupir, je vois que vous avez étudié l'homme, et que vous ne connaissez pas la femme.

— Mademoiselle, je m'incline devant ce jugement et je n'en appelle pas.

— La femme, reprit Agnès avec feu, ne vit que par le cœur, et le cœur n'a besoin ni de jeunesse, il est toujours jeune; ni de beauté, il est invisible; ni de fortune, il est assez riche. Le cœur est tourmenté par de plus hautes exigences, et lorsque ce noble indigent ne trouve pas ce qu'il cherche, il ne pourrait l'obtenir ni de l'or de Plutus, ni de la jeunesse d'Hébé, ni de la beauté d'Apollon. Vous aimez la mythologie, en voilà.

— Cela veut dire, mademoiselle, pour parler clairement, que vous n'êtes pas heureuse.

Agnès croisa les bras et regarda le ciel.

— Nous sommes quelquefois, par occasion, dit le docteur, les médecins des maladies de l'âme; mais il faut que le malade spirituel ait confiance en nous.

— Mais il faudrait auparavant que les maladies de l'âme fussent classées et portassent un nom, comme la migraine, la névralgie, la fièvre typhoïde. Avez-vous un dictionnaire médical des maladies spirituelles?

— Oui.

— En combien de volumes ?

— En un seul mot.

— Lequel ?

— Amour.

— Ce dictionnaire, docteur, est à l'usage des hommes ?

— Il est dédié aux deux sexes.

— Eh bien, je n'accepte pas la dédicace, moi. Votre amour ne ressemble pas au nôtre. Chez nous, le sentiment pur domine la passion grossière, et chez vous... achevez ma phrase, docteur.

— Ah ! mademoiselle, je ne veux pas condamner les hommes en masse ; il y a d'honorables exceptions ; il y a des hommes qui ont le cœur féminin.

— Bien peu.

— N'y en aurait-il qu'un, mademoiselle, j'ai tant d'affection pour celui-là que je n'ose prononcer une condamnation universelle.

— En voilà un que j'aimerais, si je le connaissais ! dit Agnès en riant.

— Vous le connaissez, mademoiselle, et vous ne l'aimez pas.

— Prenez garde, docteur, n'affirmez rien.

— Ainsi, mademoiselle, vous auriez donc trouvé votre idéal ?

— Mais si mon idéal ne m'a pas trouvée, moi, me voilà bien avancée !

— Cet idéal serait aveugle.

— Non... oh ! non, docteur... vraiment, dit Agnès en jouant l'embarras, les hommes sont étranges... il y en a de présomptueux, qui pensent n'avoir qu'à se montrer pour nous séduire, et ceux-là sont, en général, dépourvus de tous les avantages que nous recherchons... Je suis une vieille fille, et j'en ai déjà vu bon nombre de ceux-là... Un éclat de rire a foudroyé leur présomption... Il en est d'autres, rares, ceux-là... oh ! bien rares !... malheureusement !... d'autres, doués de tous les mérites, et qui garderaient toujours un aveu au fond du cœur, tant ils se méfient d'eux-mêmes ! tant ils craignent de perdre un espoir, en révélant leur amour ! Ainsi, voyez donc à quoi est exposée une femme qui se met à la recherche de ce phénix d'amour qu'on nomme l'idéal ? Si elle le trouve, par hasard, elle rencontrera chez lui, nécessairement, entre autres vertus, cette modestie silencieuse et cette noble méfiance qui n'osent rien demander; et la femme, esclave des chastes réserves de son sexe, n'osant jamais donner un encouragement à des timidités honorables, chacun gardera sa position, comme ces deux statues de plâtre qui sont là sur leurs piédestaux, et on atten-

dra l'âge avancé de la vieillesse, pour échanger une
déclaration d'amour et se marier dans le passé.

Le docteur écoutait, comme écoute un bel homme
et un homme charmant; les fumées de l'amour-
propre montaient à son front, et donnaient à ses
yeux et à ses oreilles des perceptions menteuses; il
voyait ce qui n'existait pas, il entendait ce qu'on ne
disait pas. La belle Agnès ne parlait plus ; elle regardait la cime des arbres et semblait demander
une réponse. Le docteur, ne sachant trop ce qu'il
allait dire, préludait par des mots décousus, lorsqu'un son de cloche le tira d'embarras. On annonçait
le déjeuner.

— Déjà dix heures ! dit-il en regardant sa montre;
et il offrit son bras à la jeune femme, qui parut fort
contrariée de ce carillon; il brisait un entretien si
doux, et au moment décisif!

Rose s'avança vers le docteur d'un air joyeux, et
lui dit :

— Mademoiselle vient de se réveiller : elle est
très-calme ; elle m'a parlé très-raisonnablement, et
m'a demandé des fraises.

— Bon symptôme ! dit le docteur... Vous me permettez, mademoiselle, je vais faire une courte visite
à votre cousine, et je descends.

Le docteur disparut comme l'éclair, pour se rajeunir de dix ans.

— Eh bien ! mademoiselle ? demanda Rose à voix basse et avec un signe intelligent.

— L'hameçon est jeté ; il mordra, dit Agnès.

Et elle entra dans la salle où M. Lebreton venait de s'asseoir.

— Ah ! dit M. Lebreton revenu à la gaieté ; il faut avouer, que ce cher docteur a fait un miracle.

— Le bon Dieu l'a un peu aidé, remarqua la belle Agnès.

— Oui... oui... sans doute... la Providence... mais enfin cela n'ôte rien au talent et à la science du docteur.

— Les médecins, reprit Agnès, ont toujours un grand intérêt à exagérer le danger d'un malade. C'est assez naturel. Si le malade meurt, ils disent : — Ah ! je vous l'avais bien annoncé ; le mal était sans remède. Si le malade revient à la santé, ils ont la gloire d'avoir guéri un incurable. La tactique est bonne et trompe toujours.

— Mais, ma chère Agnès, reprit M. Lebreton, quelle rage as-tu d'attaquer tous les hommes que je reçois avec amitié ?

— C'est que, mon oncle, vous jetez par la fenêtre votre amitié comme votre argent ; il y en a pour tout le monde. Vous semez de la graine d'ingrats partout.

— Allons! tais-toi, Agnès, voici le docteur.

Le docteur entra, rayonnant de joie, serra la main de M. Lebreton, s'assit, et donna les meilleures nouvelles de la santé de Louise. Agnès écoutait et regardait le docteur en ouvrant ses beaux yeux noirs, qui lançaient des flammes. Le docteur avait cette faculté visuelle qui permet de voir l'expression d'un visage voisin, comme si le pouvoir de l'œil s'étendait jusqu'à l'oreille, faculté que la belle Agnès avait aussi, comme beaucoup de femmes, et qu'elle avait remarquée chez le docteur. Aussi, depuis le matin, elle se livrait à la contemplation extatique, quand le docteur ne la regardait pas dans la ligne visuelle directe, et elle changeait subitement sa physionomie admirative en indifférence, lorsque le docteur la regardait en face. Il y avait dans cette métamorphose et cette mobilité de visage un naturel si parfait, une décomposition si subite, que le docteur n'aurait pu soupçonner la moindre idée de ruse, le moindre plan organisé contre sa personne. Aussi, vers le milieu du repas, le docteur, qu'emportait toujours la manie de la citation, se crut obligé de se citer à lui-même, mentalement, ce vers de sa tragédie favorite :

C'est Vénus tout entière à sa proie attachée.

Dès ce moment, il résolut d'avoir pitié de tamt d'amour, et d'accorder ses faveurs à cette jeume Phèdre d'occasion.

XVIII

Le soir de ce jour, au lever des premières étoiles, la jeune et belle Agnès se promenait seule sous les arbres de la terrasse, comme une femme qu'une pensée d'amour malheureux condamne à l'isolement.

Le rusé docteur prit l'allure d'un homme qui se laisse conduire par le hasard, et retint un léger cri de surprise en rencontrant Agnès.

— Ah! pardon, mademoiselle, dit-il, si je vous interromps dans vos rêveries. Dans les ténèbres de ces arbres on ne reconnaît personne, pas même ceux qu'on aime à rencontrer... Je venais respirer ici un peu de fraîcheur... J'ai laissé M. Lebreton dans la chambre de sa fille... Nous allons au mieux...

Cet excellent père est enchanté de causer avec sa chère Louise, et Mlle Rose fait sa partie dans le trio de l'alcôve, avec une joie folle qui lui donne de l'esprit.

— Rose a bien raison d'être joyeuse, dit Agnès; cette pauvre fille est morte de fatigue. Les malades ont le tort de tuer ceux qui se portent bien.

— Et vous aussi, mademoiselle, reprit le docteur, vous vous êtes dévouée à votre cousine avec un zèle qui vous honore.

— Oh! docteur, j'ai fait ce que toute autre femme aurait fait à ma place. Les femmes naissent sœurs de charité ou gardes-malades. Elles se dévouent dans les hôpitaux et aux armées, au lit des blessés et des malades; elles meurent sur le champ de bataille de l'épidémie sans se plaindre; on n'a pas besoin de leur adresser des proclamations excitantes ou de leur jouer des fanfares belliqueuses pour animer leur courage. Leurs modestes exploits s'accomplissent dans l'ombre, et un sourire du ciel leur tient lieu de médailles d'honneur, de grades et de décorations. Messieurs les hommes, voilà ce qui fait notre infériorité.

— Elle est adorable! dit le docteur en joignant ses mains et comme en *à parte*.

— Cette guérison est un bienfait pour tout le

monde, reprit Agnès ; elle nous guérit tous, mais elle va bientôt nous affliger d'une absence.

— Je ne comprends pas bien, mademoiselle.

— Vous avez la surdité de la modestie, docteur.

— Du moins je n'ose comprendre.

— Ah ! je vous croyais plus courageux.

— Vous me donnez de la hardiesse, et alors j'essayerai de dire que la convalescence de Mlle Louise et... mes... loisirs me retiendront encore quelques jours dans cette résidence délicieuse, cet Éden de la grande banlieue de Paris.

Un rayon d'étoile perça une éclaircie des arbres et illumina la figure d'Agnès. La joie aurait pu remplacer ce rayon, tant elle parut éclatante et naturelle au regard du docteur.

Le moment conseillait les hardiesses, la volupté courait dans l'air de la nuit ; un parfum de fleurs enivrait les sens ; les harmonies qui descendent des étoiles chantaient l'hymne suave des hyménées illégitimes ; l'ivresse qui vient de la femme bouleversait la raison.

Et l'amour-propre, le plus inexorable des amours, achevait la défaite du docteur.

Agnès marchait lentement, la tête basse comme une victime résignée, qui n'a plus d'autre ressource que la générosité de l'homme. Mais l'homme, placé

devant ces faiblesses, n'est jamais généreux : il croit
à Don Juan, cet infernal gomorrhéen, ce hideux ennemi des femmes que la comédie honore trop, en
nous le présentant comme un moissonneur de ro-
sières ; il croit à tous les airs d'opéra-comique dont
on l'a bercé :

> Enfant chéri des dames,
> Je fus en tout pays
> Fort bien avec les femmes,
> Mal avec les maris.
>
> . . . .
> . . . .
>
> Pourquoi me piquer de constance
> Quand je vois de nouveaux appas ?
>
> . . . .
> . . . .
>
> J'ai longtemps parcouru le monde,
> Et l'on m'a vu de toute part
> Courtiser la brune et la blonde,
> Aimer, soupirer au hasard ;

et l'homme se laisse facilement emporter par le
charme de ces premières leçons, professées par un
ténor léger. Seulement, quand il échoue devant une
brune ou une blonde, il ne s'en vante pas, ou quelquefois se venge par la calomnie de l'échec reçu.

— Rentrer à Paris maintenant, reprît le docteur,
pour trouver quoi ? un désert. Rentrer dans cette

foule, où manque la femme ; dans ce vide, où règne le néant; dans cette vie fausse, pire que la mort ! non; un charme divin me retient ici, et je reste. Le bonheur, ce trésor introuvable, je le vois luire dans ces ténèbres, et je ne veux pas m'en éloigner. Une seule fois, on trouve ce que le cœur cherche ; il ne faut pas attendre la seconde qui ne vient jamais.

— Ah ! monsieur, dit Agnès avec l'ingénuité attachée à son nom ; une femme serait heureuse si elle pouvait croire à la sincérité des paroles qui charment son oreille ! si elle pouvait croire que le charme de l'esprit a une source secrète au fond du cœur !

— Mais, mademoiselle, dit le docteur avec ce feu que donne le désir et qui ressemble trop à la flamme sainte de l'amour; mais, je vous le jure, c'est mon cœur qui parle en ce moment, et qui, par malheur, ne peut avoir d'autre organe que ma bouche! C'est tout ce que mon âme a de plus pur qui s'exhale vers vous, comme l'encens vers la divinité! Vous aussi, Agnès, vous êtes l'idéal de mes rêves: vous êtes l'ange de mes visions. Un regard de vous me mettrait sur le trône du monde, un sourire de vos lèvres me ravirait au ciel. Laissez-moi vous dire « je vous aime, » sans me repousser comme profane, et je me croirai digne d'être aimé un jour.

Le docteur tomba aux pieds d'Agnès, prit sa main droite, et la couvrit de baisers.

La jeune fille détourna la tête, comme pour ne pas voir l'énorme faute qu'elle commettait.

Ses yeux infaillibles avaient vu passer une ombre sur la lizière du quinconce, et cette ombre errante portait avec elle son nom.

— Relevez-vous, dit Agnès avec la voix de l'abattement langoureux ; allez rejoindre mon oncle. Votre absence pourrait éveiller des soupçons... Si vous saviez de combien de jaloux je suis entourée... Oh ! vous saurez tout un jour... et vous me plaindrez...

— Et je vous consolerai, adorable Agnès, dit le docteur en se penchant sur la joue de la jeune fille.

Il savoura un baiser qui ne lui fut pas disputé, et marcha d'un pas de conquérant vers la maison.

— Est-il homme ! dit Agnès, à voix basse, en suivant des yeux le docteur avec un sourire de lutin.

Rose, toujours aux aguets dans les grandes occasions, se glissa sous les arbres de la terrasse, et, avant de parler, elle fit un geste de désolation.

Agnès la pressa vivement de parler.

— En voici bien d'un autre ! dit Rose ; nous sommes à la veille d'un autre malheur.

— Qu'y a-t-il donc? parlez ! demanda Agnès.

— Il y a que M. Octave est fou. Si j'avais pu lui

mettre une chaîne au cou, comme à notre chien de garde, je l'aurais renfermé dans la basse-cour... M. Octave veut tuer le docteur.

— Oh! ce n'est que cela? dit Agnès rassurée; ce n'est rien : Octave ne tuera personne. C'est moi qui ai mis une chaîne au cou du docteur, et nous ne le craignons plus.

— Mais vous ne comprenez pas alors la folie d'Octave, mademoiselle?

— Oui, je la comprends. Il redoute encore un mari dans le docteur...

— Vous n'y êtes pas, mademoiselle.

— Eh bien! expliquez-vous mieux, Rose.

— Ah! pour le coup, je n'ai pas la langue de M. Octave, moi; vous croiriez que je vous parle chinois. Il n'y a que lui qui puisse vous expliquer tout cela... Ce que je puis vous dire de plus clair, le voici. M. Octave sait tout ce qui se passe; il rôde nuit et jour aux environs; je crois qu'il a des ailes comme un oiseau ou un démon. Vous ne sauriez croire tout ce qu'il devine, en suivant le mouvement de la lumière et des ombres sur les rideaux de la chambre de Mlle Louise! Il n'en saurait pas davantage s'il était avec nous...

— Mais enfin, interrompit Agnès, que veut-il?

— Il veut rencontrer le docteur, lui faire une querelle d'Autrichien, se battre avec lui et le tuer.

— Par jalousie ?

— Oui... non... mon Dieu ! je ne sais plus ce que
je dis ! je perds aussi la tête, moi !... Mais ces choses
n'arrivent que dans les maisons riches ! on vit tran-
quillement avec les pauvres... On est heureux pour
rien dans les chaumières... il n'y a pas de monsieur
Auguste chez les paysans... Ce matin, une pauvre
paysanne est venue m'offrir des fraises. « Combien ?
ai-je dit. — Trente sous. » Votre oncle passait :
« Donnez un louis à cette femme... » Je trouve cela
charmant de la part de M. Lebreton ; il s'est sou-
venu que Mlle Louise avait demandé des fraises...
Vous dire la joie de cette paysanne est chose impossible ; elle a baisé mes mains, la pièce d'or, la porte ;
elle était folle, mais d'une bonne folie ; elle a crié
que ce louis assurait son bonheur pour toujours.
Ses larmes de joie m'ont fait pleurer... Et nous, nous
qui avons des millions, tout notre bonheur consiste
à passer pour heureux : et quand nous pleurons,
c'est de tristesse ; et quand nous sommes fous, c'est
de désespoir !

— Tout cela est très-bien, dit Agnès en trépignant, mais tu oublies...

— Oui, oui, mademoiselle... il faut faire ici acte

d'autorité; celui qui ne craint pas les hommes craint les femmes : M. Octave qui n'a peur de personne aura peur de vous; il faut que vous lui parliez ferme, et je vais vous le conduire ici. Attendez-moi un instant.

Agnès profita de ce repos pour se recueillir, et se demander si cette réalité fiévreuse n'était pas un rêve sans sommeil.

Octave arriva bientôt, comme un fantôme des nuits; la flamme de ses yeux éclairait sa chevelure en désordre et la pâleur de son visage; il redevint homme en saluant Agnès avec respect, puis le démon reprit ses droits.

— Vous savez tout, mademoiselle, dit-il d'une voix sourde.

— Je ne sais rien, répondit Agnès.

— Mademoiselle ignore tout, ajouta Rose; elle sait seulement que vous voulez tuer ce pauvre docteur, rien que cela.

— Oui, dit Octave d'un ton ferme, il me tuera ou je le tuerai. L'un de nous deux est de trop. Je lui ferai un affront sanglant, ce soir encore, ou demain. Je ne vis plus.

— Allons, M. Octave, dit Agnès avec une de ces voix qui adoucissent les bêtes fauves, soyez raisonnable. Vous avez ici des amitiés qui s'intéressent à vous, qui vous sont dévouées par reconnaissance, qui savent de quelle noble passion vous êtes animé; et qui, par de bons offices, peuvent vous aplanir tous les obstacles. On vous sert à votre insu, croyez-le bien. Mais n'affligez pas ceux qui vous servent et vous serviront.

— C'est ce que je lui ai dit vingt fois, dit Rose.

— Eh bien! je dirai à ces excellents cœurs, répondit Octave, à ces amitiés dévouées, que mes bras, mon sang, ma vie, ma reconnaissance sont à elles; mais que rien ne peut changer ma malheureuse nature, et qu'il m'est impossible de subir plus longtemps, sur cette terre, les tortures de l'enfer.

— Voulez-vous parler des tortures de la jalousie?

— D'une jalousie absurde, interrompit Octave, d'une jalousie inventée pour moi ou par moi, d'une jalousie qui n'a pas de nom, tout ce que vous voudrez, cela m'est égal; c'est une chose qui m'étouffe, me glace les lèvres, me brûle le front, me met du fiel sur la langue, m'incendie la racine des cheveux... Tant que ce médecin sera dans cette chambre, je souffrirai ces tortures. Je suis décidé à ne plus souffrir. Je veux tuer ou être tué.

— Mais vraiment, dit Agnès, votre raison est altérée... Ce médecin fait son devoir.

— Oh! je connais les jeunes médecins!... Voyez,

mademoiselle, ne me forcez pas aux explications...
Pourquoi n'y a-t-il pas de médecins femmes pour
les jeunes femmes?... Un homme a toute sorte de
droit de curiosité sacrilége, sous prétexte de maladie!... C'est révoltant!... la sainte pudeur est violée
pour une migraine!... Louise n'avait pas besoin de
médecin. L'été guérit tout. Le soleil est le vrai docteur. Cet homme n'a pas le droit de toucher à un
cheveu de cette jeune fille. Mon sang brûle et se
glace en songeant... Oui, oui, je suis fou, mais je
sens que ma folie raisonne juste, et que demain les
yeux de cet homme cesseront de voir ce qu'ils auront vu. Alors, la respiration me reviendra au cœur.
L'haleine de la vie me manque en plein air!... Il y
est! il y est encore en ce moment! il y est toujours!
Le spectacle lui plaît! Oh! c'est intolérable! Je vais
l'attendre... Mais ne vous effrayez point, mademoiselle; je respecte la maison; il n'y aura point de
scandale, point de bruit. Tous les matins, il va faire
sa promenade au bord de l'eau. C'est là que nous
nous rencontrerons, demain. Je l'attendrai toute la
nuit.

— Il le fera comme il le dit, murmura Rose.

Agnès comprit que tout raisonnement était inutile, et qu'il fallait venir en aide à cet intraitable
désespoir, qui, d'ailleurs, prenait sa source dans

14.

une passion surhumaine; mais digne d'intérêt, aux
yeux d'une femme surtout.

— Monsieur Octave, dit-elle, voulez-vous m'é-
couter avec calme, un instant ?

— J'essayerai de vous obéir, dit Octave, en essuyant la sueur qui ruisselait sur son visage.

— Je ne veux pas discuter avec vous. Je veux
vous prouver que je suis votre amie depuis le jour
où vous fîtes devant nous un acte de courage. Eh
bien ! je vous promets que le docteur partira demain
matin pour Paris... Êtes-vous content ?

— Mais le passé ! le passé ! qui l'anéantira, mademoiselle ?

— Ah ! monsieur Octave, vous en demandez
trop. Dieu même ne peut pas anéantir le passé. Votre
exigence est exorbitante. Vous abusez de l'a-
mitié.

— Pardon, mademoiselle, pardon, dit Octave
d'une voix émue par les larmes. Oui, je conviens
que je ne suis pas raisonnable... Excusez-moi...
Vous êtes un ange de bonté... Mais ce que vous me
promettez sera-t-il ?...

— Ayez confiance en moi, interrompit Agnès, le
docteur partira demain.

— Par le premier convoi ?

— Oui.

— Mademoiselle... j'ai besoin de passer une nuit calme... Oh! je vous en prie, écoutez-moi jusqu'au bout... La fièvre me brûle... et vous pouvez me guérir sans médecin... Il y a deux convois encore avant minuit; faites-le partir ce soir.

Agnès fit un signe d'impatience, Octave tomba à ses genoux.

— Eh bien! dit-elle, relevez-vous... il partira ce soir.

Octave prit la main droite d'Agnès et l'inonda de larmes.

— Maintenant, partez, monsieur Octave... Soyez sage, et comptez sur moi... Adieu... à demain, et bonne nuit.

Quand Octave fut éloigné, Rose poussa un soupir et dit :

— Si tous les hommes étaient comme celui-là, le monde entier serait bouleversé... Mais c'est égal, il a des folies adorables. Voilà un homme!

— Rose, dit Agnès, montez à la chambre de Louise; mon oncle vous demandera : Où est Agnès? vous répondrez négligemment : Mlle Agnès est triste ce soir; elle se promène sur la terrasse... et vous ferez en sorte que le docteur puisse bien entendre ces derniers mots.

— Je comprends, dit Rose.

— Et elle s'éloigna lentement. Agnès se recueillit, selon son usage, pour méditer sur la scène inévitable qu'elle préparait.

Dix minutes écoulées, une silhouette noire se dessina sur les murs de la maison, et un homme entra dans le quinconce, avec cette allure indécise qui veut tromper sur l'intention.

Agnès vit l'ombre du docteur, et donna tout de suite à sa promenade un mouvement précipité. Son bras droit agitait un mouchoir, et le frôlement de sa robe annonçait une émotion intérieure arrivée au paroxysme. En apercevant le docteur à trois pas, elle retint un cri, comme une comédienne émérite, et ralentit sa marche subitement, comme si elle eût été honteuse d'être surprise dans un mouvement irrégulier.

— Je ne croyais pas avoir le bonheur de vous revoir aujourd'hui, dit le docteur ; le hasard m'a favorisé... Ai-je eu tort en vous abordant?... Vous ne daignez pas me répondre ?... Vous aurais-je offensée à mon insu ?... Oh ! je vous en conjure, belle Agnès, répondez-moi.

Agnès avait repris sa marche précipitée, et le docteur l'accompagnait du même pas.

— Oh ! les hommes ! les hommes ! dit-elle en portant son mouchoir à ses lèvres comme pour le déchirer.

— Vous avez à vous plaindre de moi, demanda le docteur d'un ton suppliant.

— *O douleur non encore éprouvée!* reprit Agnès avec un accent tragique.

Le docteur se frappa le front, en entendant cette citation de *Phèdre*, et reconnut la jalousie.

— Elle est jalouse de sa cousine ! dit-il mentalement.

— Docteur, reprit Agnès, ai-je quelque pouvoir sur votre volonté?

— Un pouvoir souverain, ma belle Agnès.

— Me jurez-vous de m'obéir?

— Je le jure, à vos pieds divins.

— Sur l'honneur?

— Sur l'honneur, et sur ma tête.

— Eh bien! partez pour Paris, tout de suite ; je ne veux plus que vous remontiez... à... vous savez où !

— En voilà de l'amour! pensa le docteur.

— Vous hésitez, monsieur? dit Agnès d'un ton de reine absolue.

— Et que ferai-je ensuite, ma belle Agnès?

— Vous m'écrirez demain, pour me prouver que vous m'avez obéi.

— Ah! j'aurai le bonheur de vous écrire... et ensuite?

— Vous attendrez... Bientôt les nouvelles vous arriveront.

— Mais, Agnès...

— Point de mais; vous avez juré de m'obéir.

— Cependant, je dois expliquer la brusquerie de ce départ aux yeux de M. Lebreton.

— Rien n'est plus aisé... Mais pas dans la chambre de... Mlle Louise... Vous direz à mon oncle qn'une dépèche vous arrive, impérieuse comme le télégraphe, et qu'un de vos illustres clients est en danger de mort. Dites que c'est un ministre, ou un général.

— Et vous m'autorisez à vous écrire demain?

— Je l'exige. Votre obéissance m'indiquera le degré d'estime qu'il faut vous accorder... Hâtez-vous... on sonnera bientôt à la station.

— Et je vous quitte en ami? demanda le docteur en se penchant une seconde fois sur le visage d'Agnès.

— En ami obéissant, répondit Agnès, en présentant sa joue, et en la retirant tout de suite, comme elle eût fait devant un tison.

Le docteur se résigna et sortit du quinconce, en se disant à lui-même :

— C'est une lubie, un accès de jalousie qui durera trois jours. Quelle passion!... *C'est Vénus tout entière...*

Au moment où l'avant-dernier convoi donnait le signal du départ, Octave, voilé par un arbre, ressuscitait de joie, en voyant le docteur monter en wagon. Un plan de jeune femme n'a jamais échoué.

XIX

Le lendemain, Mlle Agnès reçut la lettre suivante de Paris :

Paris, ... juillet 1858.

« Mademoiselle,

» J'arrive et je vous écris.

» On m'a présenté, en arrivant, trente lettres em retard, et toutes de la plus haute importance : elles attendront ; vous n'attendrez pas.

» Si j'eusse trouvé ma maison en flammes, j'éteignais le côté de mon pupitre, et je vous écrivais.

» Vous écrire, mais quoi ? Il n'y a qu'une pensée en ce monde, celle qui s'adresse à vous. Paris est une ville muette, elle ne m'a pas parlé de vous ; une ville déserte, vous n'y êtes pas.

» Ainsi, ne vous attendez pas à lire sur cette page le bulletin de la vie de Paris ; je ne m'occupe jamais des morts.

» Il y a un monde qui n'est pas sur la carte du globe, et qui est l'univers pour moi : c'est ce coin de terre, où le rayon de votre regard ralluma le jour, dans cette nuit mémorable où il m'a été permis de vous dire les trois mots qui sont le vocabulaire complet du cœur : *Je vous aime !* En dehors de ce coin de terre, il y a le domaine du vide. Le monde n'a que deux habitants.

» En quittant votre Éden, j'ai dit à l'arbre de vous donner son ombre la plus douce, à la fontaine de vous réjouir de sa fraîcheur, à l'oiseau de vous enchanter de sa mélodie, au gazon de se velouter sous vos pieds divins, aux fleurs de vous entourer de leurs parfums, et toutes ces charmantes choses de la nature m'ont permis de vous parler de moi. Écoutez-les bien, et pensez à qui pense.

» Le terme de mon exil est dans votre volonté sainte. Je sais attendre, parce que je sais souffrir ; mais daignez ne pas abuser de ma science. La beauté est synonyme de bonté dans le vocabulaire des femmes. La beauté est toujours bonne, car elle

15

n'envie rien. Dieu a mis sa signature sur son front.

» Vous aimer, vivre à vos pieds, avoir votre sourire, entendre votre voix, c'est le bonheur d'un
homme ; mon bonheur est dans vos mains.

» Votre esclave,

» Le D^r ***. »

— Eh bien ! que dites-vous de cette lettre ? demanda la belle Agnès à Rose.

— Je pense que cet homme ne vous aime pas.

— Vous avez raison ; mais cela m'est bien égal.

— Et à moi aussi.

— C'est une lettre, reprit Agnès, qui ferait le
bonheur d'une pensionnaire de quinze ans, et qui
me fait sourire de pitié.

— Il a travaillé toute la nuit pour vous écrire
vingt lignes qui n'ont pas l'ombre...

— De l'amour commun, interrompit Agnès...
Mais je ne donnerais pas cette lettre pour une dot.
Voilà une arme terrible que j'ai entre les mains.

— Oh ! ceci est une autre question, dit Rose. En
voilà un qui n'épousera pas Mlle Louise. Il n'y a pas
de danger.

— Avez-vous remarqué, demanda Agnès, que
dans tout son verbiage entortillé, où il me parle des

arbres, des fontaines, des fleurs, il n'a pas écrit une seule fois le mot mariage?

— Si, je l'ai remarqué, mademoiselle! mais je ne serais pas femme si je n'avais pas remarqué cela! Une femme mettrait ce mot à toutes les lignes; un homme n'oublie jamais de ne pas l'écrire. Il redoute les engagements... Ah! il faut convenir, mademoiselle, que vous avez rendu là un fameux service à ce pauvre M. Octave. Celui-là écrirait à Louise une lettre dans laquelle il y aurait vingt lignes, et quarante fois : Je veux vous épouser.

— Son affaire, donc... sa dernière affaire, demanda Agnès, commence donc à s'ébruiter dans le village?

— Comment donc! dit Rose, j'ai même entendu chez l'épicier, qu'on en parle dans les papiers publics. Il n'y a que M. Octave qui n'en parle pas.

— Quel noble jeune homme! dit Agnès; il va se battre avec ce brigand qui est venu troubler la maison de Louise; il joue sa belle vie contre un misérable en haillons! Oh! si un homme se battait pour moi, je ferais la folie de l'aimer!

— Oh! il faut entendre les deux braves hussards qui ont servi de témoins! Ils disent que M. Octave mérite la médaille de Crimée.

— Ceci est un propos de village, reprit Agnès en

riant aux éclats. Mais voici M. Lebreton... Chut !...
il paraît très-ému...

— Il vient de lire un journal... Quand il a lu son
journal, il a toujours des larmes dans les yeux, parce
qu'il y a toujours un malheur dans un journal,
au moins un... Votre oncle n'est pas un aigle, mais
il a un excellent cœur.

M. Lebreton aborda ainsi sa nièce :

— Tiens, ma chère Agnès... lis ces quatre lignes.

Et il se détourna pour cacher des larmes.

Agnès prit le journal et lut ce qui suit :

« Un duel a eu lieu hier, dans le bois du Vésinet.
Les particularités de cette rencontre sont étranges
et dignes d'être mentionnées. Un misérable repris
de justice, pour délit contre les mœurs, est venu
insulter une honorable famille, dans sa maison, à
Chatou. M. O... D...; jeune peintre d'histoire, d'un
grand talent, et dont le père jouit d'une immense
fortune, a saisi le misérable agresseur, l'a chassé
de la maison, et lui a fait l'honneur de se battre
avec lui. Deux hussards de la garnison voisine ont
été si enchantés de l'héroïque courage du jeune
homme, qu'ils ont porté partout le bulletin de ce
duel fabuleux, qui s'est terminé, disaient-ils, de la
manière la plus triomphante pour le peintre. On
nous promet d'autres détails. »

Agnès, attendrie aux larmes, rendit le journal à son oncle, et lui dit avec feu :

— Et vous ne donneriez pas Louise à ce noble jeune homme? vous qui la donniez à un... infâme!

— Mais, dit M. Lebreton en bégayant, ce noble jeune homme ne m'a jamais demandé ma fille en mariage?

— Eh bien! je vous la demande pour lui, moi...

— Qui t'a donné le...?

— Je vous la demande à genoux, s'il le faut. J'aime Louise autant que vous pouvez l'aimer, et quand je vous supplie ainsi, je sais que j'en ai le droit.

M. Lebreton sourit à travers les larmes, et dit en offrant son bras à Agnès :

— Louise va tout à fait bien...

— Je le crois facilement, interrompit Agnès, son médecin est parti.

— Allons voir ma fille, dit M. Lebreton.

XX

« Ce que femme veut, Dieu le veut, » dit le proverbe,
mais ce que trois femmes veulent, une femme doit
le vouloir. Agnès, Mme de Gérenty et Rose avaient
formé une sainte alliance pour chasser du souvenir
de Louise un amour impossible, aux derniers jours
de sa convalescence, et ce trio féminin avait aussi
préparé l'avénement d'Octave, avec une adresse
progressive si bien ménagée, que Louise, toujours
plus amoureuse du mariage que du mari, finit par
écouter avec complaisance les éloges enthousiastes
du nouveau prétendant, et arriva enfin à ce sourire
qui ne fait plus redouter le *non*, et n'est pas encore
le *oui*.

Octave, ayant juré de se laisser conduire par le
trio protecteur, ne paraissait plus chez M. Lebreton,

et même dans ses anciennes embuscades du parc. Le colonel s'était emparé de lui, avec l'autorité de son garde, et lui imposait les distractions de la pêche, de la promenade au bois, du tir, et de l'équitation.

Le docteur avait écrit trois lettres et attendait toujours une réponse; il se consolait en lisant la *Nouvelle Héloïse*, et les trois déclarations de Saint-Preux; voulant poursuivre jusqu'au bout l'imitation du roman de Rousseau, il fit de légères variations au billet menaçant qui fait pressentir un suicide, et expédia cet ultimatum à Mlle Agnès.

Il attendait la réponse de Julie, et voici le billet qu'il reçut :

« Monsieur le docteur,

» Mon oncle est un peu indisposé; je vous écris avec sa plume, sur son bureau, et sous ses yeux.

» Ma cousine est tout à fait remise de son accès de fièvre, et nous vous sommes tous bien reconnaissants des soins que vous lui avez donnés.

» Nous allons tous partir pour l'Italie, et probablement nous ne rentrerons à Paris qu'au printemps prochain.

» Si vous passez dans la rue Lafitte, demain, mon oncle vous prie de présenter le mandat de cinquante mille francs ci-inclus au caissier de M. Rothschild, et de disposer de cette somme à votre convenance. Le bon souvenir et la gratitude de M. Lebreton accompagnent ce mandat.

» En avril prochain, nous espérons tous vous revoir.

        » Votre bien dévouée,

              » AGNÈS LEBRETON. »

Cette lettre blessait et guérissait comme la lance d'Achille. Le Joconde de la Faculté tenait beaucoup plus au mandat qu'à la brune; il se recueillit et médita pour faire un placement avantageux, selon les usages de 1858.

Agnès avait combiné toute cette affaire et guidé de ses conseils son oncle, qui lui obéissait toujours, en commençant par lui désobéir.

— Ne craignez rien, lui avait dit Agnès, il ne vous réclamera pas la moitié de votre fortune, étourdiment promise pour une migraine à guérir.

Cette maison de campagne avait vu trop de choses tristes, et M. Lebreton résolut de rentrer dans son hôtel de la rue Saint-Honoré pour donner à sa fille les distractions de la capitale. Avant son départ, il rendit ses visites à ses voisins, et ne voulant oublier personne, il se rendit, accompagné de Louise, chez le père d'Octave, son voisin le plus proche. C'était un de ces bons pères calmes, riches, oisifs, causeurs, qui savent tout ce qui se passe excepté ce qu'on fait chez eux. A l'heure de cette visite, Octave faisait une promenade à cheval du côté de Saint-Germain avec le colonel. M. Desbaniers, après avoir fait son devoir de propriétaire, et montré au voisin millionnaire les merveilles végétales de sa serre et de son jardin, lui dit:

— Ah! je veux vous faire voir une chose curieuse, et que vous n'avez pas chez vous... l'atelier de mon fils! Ce diable d'enfant m'a fait là une dépense de dix mille écus!

Le domestique d'Octave hésita quelque temps pour donner la clef de l'atelier, mais il se rendit aux ordres de l'autorité supérieure, et ouvrit la porte du sanctuaire...

Louise quitta le bras de M. Lebreton, et examina en détail les curiosités amassées par le jeune peintre, pendant que les deux pères causaient ensemble, devant les panoplies, de la hausse considérable dont jouissaient les terrains de Chatou, depuis 1853.

Toujours furetant au hasard, Louise remarqua sur un cippe de marbre un tableau voilé, comme un tableau de madone sur un autel le vendredi saint, quand les crêpes du deuil couvrent toutes les saintes images.

Une curiosité d'Ève brûla les doigts de la jeune fille ; une mystérieuse attraction retenait son regard sur ce tableau, qui devait être bien curieux puisqu'il était invisible, et religieusement exposé comme une relique, entre deux vases de fleurs.

Louise prêta l'oreille, et entendit son père commençant l'histoire d'un petit lac qu'il devait faire creuser au milieu de son parc. M. Lebretton racontait ce projet de lakiste à tous ses amis, et il entrait dans les plus grands détails topographiques. Louise connaissait la longueur de ce récit paternel, et elle comprit que ce temps lui suffisait pour voir l'invisible, sans être dérangée par des importuns.

Avec une adresse toute féline, elle délia le nœud de rubans qui liait le voile au sommet du tableau, comme ferait un chat espiègle, s'il était amateur de peinture, et elle vit d'abord poindre un visage merveilleux, et dans un relief saisissant. Un cri de stupéfaction fut à propos retenu sur les lèvres ; Louise se reconnut du premier coup, comme si elle se fût placée devant un de ces miroirs réductifs que les Anglais ont inventés pour se faire rire. La main égarée sur le voile hésita un peu avant de poursuivre la découverte, mais le démon d'Ève conseillait toujours, et le voile se repliait avec lenteur, et finit par descendre jusqu'au tapis où d'adorables pieds nus se cachaient à peine dans des sandales d'odalisque. Jamais l'éblouissant poëme de la forme n'avait éclaté sous un plus lumineux aspect. Ce divin ensemble était suave à l'œil, et attirait les lèvres et la main.

Louise, toute agitée de frissons, regardait toujours avec une curiosité irrésistible, et le mystère qu'elle sondait en ce moment lui causait un effroi mortel. Elle se voyait, dans ce tableau, peinte debout, dans une attitude imitée de l'antique, et avec une ressemblance qui ne s'arrêtait pas aux traits du visage, et qui attestait l'étude patiente du plus habile sculpteur, et la complaisance résignée du modèle. Mais là ne se bornait pas le mystère. La chambre de Louise était aussi un portrait d'après nature; rien ne manquait à ce gynécée virginal; pas un détail n'était oublié dans l'ameublement, pas une fleur, pas une broderie, pas une tenture; c'était un minutieux intérieur de la vieille école flamande, éclairé par deux lampes astrales, dont les doux rayons flottaient partout comme les vapeurs d'un beau crépuscule d'été.

M. Lebreton touchait à la fin de son histoire, et deux blanches et petites mains renouèrent en tremblant l'agrafe de soie au sommet du tableau.

Louise continua son examen devant les murs, mais elle ne voyait rien; une pensée intolérable tourmentait son esprit.

— Ce jeune artiste démon, se disait-elle, n'est pas arrivé à cette perfection de détails et de ressemblance dans le coupable espionnage d'une seule nuit. Il a trouvé des supercheries infernales pour s'introduire furtivement dans ma chambre, et en connaître tous les secrets! c'est affreux! c'est le malheur de toute ma vie; c'est un désespoir sans remède, et qui ne finira jamais.

Ce fut le lendemain de cette visite, et après une nuit d'insomnie éplorée, que Louise, toujours obsédée par ses bonnes amies et sa fidèle Rose, prononça ce premier *oui* domestique qui précède le *oui* nuptial. Elle crut trouver dans le mariage le seul remède à son désespoir. La pauvre fille n'était pas tout à fait guérie de son premier amour !

XXI

Nous sommes dans un riche appartement de l'hôtel de M. Lebreton, à Paris. Le calme qui règne partout n'annonce pas qu'une opulente et belle héritière, la fille de la maison, vient de quitter l'église voisine, où elle a prononcé la syllabe nuptiale de la fidélité. L'anneau d'or, cet emblème du lien indissoluble, est au doigt de la jeune épouse ; la fleur virginale s'épanouit sur son front ; le voile de dentelle blanche accompagne une robe de même nuance, et laisse voir, entre deux arabesques de broderies, un visage divin, où la joie d'une fête ressemble beaucoup trop à la résignation.

Il était convenu qu'Octave, l'heureux mari, n'arriverait de la campagne que la veille du mariage pour la signature du contrat, et qu'aucun éclat ne serait donné à cette union. Quelques parents, le colonel de Gérenty et sa belle-sœur, deux amis intimes devaient suffire à une fête de famille; et trois jours après le mariage, les mariés, accompagnés de M. Lebreton, d'Agnès et de Rose, devaient partir pour l'Italie et faire un voyage d'un an.

Octave a consenti à tout : il n'appartient plus à la terre depuis le moment où M. Lebreton lui a dit deux fois, pour les lui rendre croyables, ces mots sublimes :

— Je vous donne ma fille.

La terre est pour lui un grain de sable, créé pour soutenir son pied dans le voyage de l'infini; il ne voit rien, n'entend rien, ne comprend rien; il habite une région d'azur, de lumière, de mélodie, où l'amour est le seul sentiment, où la beauté de Louise est le seul objet digne de ses regards. Il compte les minutes par les battements de son cœur; les pendules n'ont plus de cadrans, les horloges ont perdu la voix; tout est muet et invisible; rien n'existe, rien n'est vivant autour de lui. Parfois, il s'oublie lui-même; il ne se sent plus vivre, il a donné son âme; il revit dans ce corps divin qui lui appartient, et quand la fièvre des sens le rappelle à la réalité humaine, au dénoûment qui se prépare, à

ses droits souverains de mari, il s'épouvante de son
bonheur; il trouve intolérable la dernière minute de
son désir, et demande à Dieu la force de vivre une
heure de plus, car il se trouve agonisant, avec toute
l'énergie de la jeunesse, et ne peut soutenir le poids
de cette minute étouffante que les calmes étoiles
éternisent dans le ciel.

Louise a voulu passer sa dernière heure de jeune
fille aux genoux et à côté de son père, pour lui demander sa bénédiction, et lui faire ses suprêmes
confidences. Ce pauvre père, avec l'œil infaillible
de sa tendresse, voit une tristesse profonde, à travers la joie officielle, sur le visage de sa fille, et il
regrette d'avoir cédé trop vite aux conseils et aux
obsessions de trois femmes étourdies et follement
éprises d'un jeune fou.

— Oui, mon ange, oui, ma chère fille, disait le
père attendri aux larmes, sois bénie, et que Dieu te
bénisse après moi! Va, tu seras heureuse... la tristesse porte malheur un jour de mariage... Il faut sourire à son avenir, si on veut que notre avenir nous
sourie... Allons! du courage, ma Louise... C'est le
sort des femmes... le mariage est leur état... Mais
tu ne quitteras pas ton père... Oh! non!... jamais...
Je serai toujours auprès de toi, comme un ami, un
protecteur, un père enfin, c'est tout dire... Allons!

ma chère enfant... montre-moi ton visage... je veux
voir un sourire dans tes yeux...

— Mon père, dit Louise en se levant, le sourire
viendra... mais je ne veux pas tromper mon père,
même en ce moment, par une joie menteuse... J'ai
la tristesse de la jeune fille qui change de condition... Que diriez-vous de moi, que penseriez-vous
de moi, si je quittais mon père sans donner une
larme à notre cruelle séparation.

— Oui, oui, ma fille... je comprends... cette douleur est naturelle... elle rend justice à ton cœur et
au mien... mais... écoute-moi, Louise, et parle-
moi avec franchise... Voilà ton seul motif de tristesse... le seul... n'est-ce pas ?... Réponds.

— Mais s'il y avait un autre motif, mon père, dit
Louise avec mélancolie, où serait maintenant le remède ?... Tout est fini.

— Tu m'effrayes, Louise, dit le père en plaçant
sa fille sur ses genoux, tu portes à mon cœur un
coup bien cruel, si j'ai su deviner ta pensée. Y aurait-il encore dans ce front un souvenir de...

Louise embrassa son père et voila son visage.

Le malheureux père poussa un cri déchirant, et
ne rendit pas à sa fille la caresse reçue.

— Ah ! dit-il après un court silence, je dois n'en
accuser que moi !... Ces larmes que tu répands au-

jourd'hui, c'est moi qui les ai préparées... L'autre était le mari de mon choix... Tu avais obéi à ma volonté... Louise, veux-tu me donner une preuve de ton amour pour moi?

— Oui, mon père.

— Eh bien! efface ce souvenir, ma fille, parce que si tu le gardes, ce serait pour toi un malheur qui te viendrait de ton père.

— Dieu me donnera la force d'oublier, dit Louise, et le temps effacera le souvenir. Voilà tout ce que je puis promettre. Si vous exigez davantage, vous me ferez désirer la mort comme un bonheur, car il m'est impossible d'obéir tout de suite à mon père.

— Et pourtant, reprit le père, en bien réfléchissant, ma fille, tu arriverais vite à la guérison... L'autre était sans doute un jeune homme très-agréable, comme instruction, esprit, figure, tenue, etc... j'en raffolais, moi, c'est tout dire... Mais il faut convenir que sa conduite a été indigne ce jour-là... le jour du bandit... M. Auguste, ce jour-là, n'était ni un homme, ni une femme... et puis... quel est cet ami abominable, qui est venu l'insulter et le flétrir impunément?... A-t-il été assez lâche et ignoble dans sa fuite?... Mais, ma Louise, songes-y bien, un mari est un protecteur; avant tout, il doit être un homme; on court beaucoup de dangers, en cette vie, et cet Auguste, dans un moment difficile ou périlleux, t'aurait abandonnée lâchement, si tu étais venue implorer sa protection.

— Oui, oui, mon père, cela est peut-être vrai... Tous les hommes ne sont pas des héros, et...

— Et je ne suis pas un héros, moi, interrompit M. Lebreton ; entre un héros et moi, il y a la différence qui existe entre la colonne Vendôme et cette bougie, eh bien ! une nuit, deux voleurs s'introduisirent à la campagne, dans la chambre de ma femme ; j'entendis son cri d'épouvante ; je sautai sur mon fusil de chasse, et je mis en déroute mes coquins. M. Auguste te laisserait égorger sur place en pareille occasion.

— C'est possible, mon père, mais...

— Mais ! interrompit le père ; toujours mais ! toujours mais !... C'était un fort joli garçon, tout le monde le disait, excepté les femmes... Oui, oui, demande à Mme de Gérenty... Une femme qui a voyagé partout !... demande-lui ce qu'elle pense de ce joli garçon ?... Un jour, elle disait: Je ne sais pas trop ce qu'il y a sur la figure de ce monsieur, mais elle ne promet rien de bon à la femme qu'il épousera.

— Je ne comprends pas bien cela, mon père.

— C'est fort clair, pourtant ! ce M. Auguste n'est pas fait pour le mariage, voilà... Il y a des savants

qui ne se marient jamais... Le colonel disait l'autre
jour que le plus savant de tous, un nommé Platon,
n'avait jamais parlé à une femme... M. Auguste est
peut-être un fils... que dis-je, un fils!... un neveu
de ce Platon... La passion de M. Auguste était de
poursuivre Annibal dans la Champagne; il ne sortait
pas de là !

— Enfin, tout est fini ! comme vous le dites, mon
père, répondit Louise avec un soupir de résignation.

M. Lebreton regarda la pendule, se leva, et embrassa tendrement sa fille.

— Ma chère Louise, dit-il avec la plus vive émotion, oublié le passé; songe à ton père, et commence ta vie aujourd'hui... Essuie tes larmes, ma
fille... Ne pleure plus,.. Montre-toi à ton mari avec
un visage riant,.. Ma sœur t'attend dans ta chambre;
c'est ta seconde mère. Écoute bien ce qu'elle te
dira... et demain matin, ta première visite sera
pour moi.

— Mon père, dit Louise en essuyant sa dernière
larme, je ferai tout ce qu'il est au pouvoir d'une
femme de faire, pour répondre à votre tendresse;
mais je ne veux pas que ma dernière parole soit un
mensonge... Je ne l'aime pas ! je ne l'aime pas !

Et elle sortit avec précipitation, comme une jeune

fille désespérée qui court à la guérison du suicide.

M. Lebreton demeura comme accablé par la dernière parole de sa fille. Minuit sonnait, et ce malheureux père, assis dans un fauteuil, sentait que ses yeux brûlés par les larmes ne pouvaient être fermés par le sommeil. Dévoré par une insomnie affreuse, il compta toutes les heures de cette nuit sans fin; il vit blanchir l'aube et lever le soleil, et garda son immobile pose d'accablement.

— Je suis le meurtrier de ma pauvre fille, disait-il à haute voix, pour se donner le douloureux plaisir d'entendre de sa bouche sa propre condamnation. Quand les heures matinales versèrent un peu de fraîcheur sur son front, il s'endormit, mais son sommeil ne fut pas long; un rêve affreux l'interrompit : il lui sembla qu'il voyait sa fille agonisante, couchée sur un grabat, avec sa riche toilette de mariée, et le visage bouleversé par un rire fou, racontant à une statue de pierre des histoires incohérentes, où le nom d'Auguste était prononcé à chaque instant.

Un léger bruit réveilla en sursaut M. Lebreton.

Il ouvrit les yeux, et vit, à la clarté du soleil, sa fille Louise, enveloppée d'un burnous blanc, sur lequel se déroulait, comme un ornement splendide, sa longue chevelure d'or. Sa figure rayonnait d'une joie ineffable, et la langue humaine n'avait plus d'expression à donner à sa beauté.

Elle enlaça de ses bras nus le cou de son père, et lui dit, avec une voix notée par les anges :

— Mon père, soyez heureux! je l'aime!

Et elle disparut comme une apparition que le ciel aurait prêtée à la terre un instant.

Le père joignit ses mains, et remercia Dieu, avec ces actions de grâce qui partent du cœur, et que la parole ne diminue pas.

— Elle l'aime! dit-il ensuite.

Et deux heures après, Louise vint montrer à son père la même joie innocente, et lui redire les mêmes mots de consolation.

FIN